ODYSSEUS

Die Deutsche Bibliothek – CIP-Einheitsaufnahme:

Davidson, Marie-Thérèse:
Odysseus : die Welt des alten Griechenland / Marie-Thérèse Davidson.
Ill.: Philippe Poirier. Übers.: Ingrid Ickler.
– 1. Aufl. – Bindlach : Loewe, 2002
(Helden-Mythen-Abenteuer)
Einheitssacht.: Sur les traces de Ulysse <dt.>
ISBN 3-7855-4471-5

ISBN 3-7855-4471-5 – 1. Auflage 2002

Titel der Originalausgabe *Sur les traces de ... Ulysse*

Aus dem Französischen übersetzt von Ingrid Ickler
Umschlagillustration: Philippe Poirier
Umschlagfoto: Opfer für Apollo, Gefäßbemalung, Pothos,
um 430 v. Chr., Griechenland; Louvre, Paris/Photo RMN
Umschlaggestaltung: Andreas Henze
Printed in Italy

www.loewe-verlag.de

HELDEN • MYTHEN • ABENTEUER

ODYSSEUS

Die Welt des alten Griechenland

erzählt und illustriert von

Marie-Thérèse Davidson und Philippe Poirier

Aus dem Französischen übersetzt von

Ingrid Ickler

Loewe

ODYSSEUS

Zwischen Hoffnung und Verzweiflung

Irgendwo, inmitten der Weite des Meeres, liegt die raue, von der Sonne verwöhnte Insel Ogygia. Auf ihr herrscht die wunderschöne **Nymphe** Kalypso.

Gerade sitzt die Nymphe vor ihrer Grotte, webt ein feines Tuch und singt. Ihre liebliche Stimme mischt sich mit dem Gesang der Vögel, die sich ringsum auf den Bäumen niedergelassen haben. Sie ist glücklich, denn sie ist in den tapferen Helden Odysseus verliebt, der auf ihrer Insel gestrandet ist.

Auf der anderen Seite der Insel sitzt Odysseus auf einem Felsen am Meer. Er hat sein Gesicht in den Händen vergraben und weint. Sein Herz ist schwer, denn in Gedanken ist er bei seiner geliebten Frau Penelope, die auf der fernen Insel Ithaka auf ihn wartet, und bei seinem Sohn Telemachos. Als Odysseus gegen **Troja** in den Krieg zog, war sein Sohn gerade geboren. Jetzt muss Telemachos schon ein junger Mann sein. Wie gerne würde er die beiden wiedersehen!

Nymphe: weibliches Naturwesen von göttlicher oder halbgöttlicher Herkunft.

Troja: kleinasiatische Stadt (heutige Türkei). Die griechische Königin Helena wurde von Prinz Paris, dem Sohn des trojanischen Königs Priamos, entführt. Daraufhin verbündeten sich alle griechischen Könige, unter ihnen Odysseus, gegen Troja. Erst nach zehn Jahren Belagerung konnten die Griechen die Stadt erobern.

Fern von Ogygia, auf dem Gipfel des Olymp, haben sich die Götter vor dem Palast des Göttervaters Zeus versammelt. Alle sind gekommen – nur Poseidon, der Gott des Meeres, fehlt. Er ist der größte Feind des listenreichen Odysseus, seitdem dieser seinem Sohn Polyphem das Augenlicht geraubt hat. Poseidon ist zu einem Festmahl nach Äthiopien gereist, und so nutzt die weise Athene seine Abwesenheit, um ihrem Schützling Odysseus zu helfen.

„Zeus, Sohn des Kronos, und all ihr anderen Götter, wie könnt ihr ein solches Unrecht zulassen? Alle Könige, die erfolgreich in Troja gekämpft und überlebt haben, sind längst wieder zu ihren Frauen und Kindern heimgekehrt. Doch den tapferen und frommen Odysseus, der euch stets großzügige Opfer brachte, ihn wollt ihr in Kalypsos goldenem Käfig festhalten? Seit zwanzig Jahren ist er fern von Ithaka, und es ist höchste Zeit für seine Rückkehr, denn seine treue Gemahlin Penelope vermag sich kaum noch der aufdringlichen **Freier** zu erwehren, die ihren Palast belagern. Die Männer weigern sich, die Insel zu verlassen, trinken Odysseus' Wein und schlachten sein Vieh. Einige schmieden sogar den hinterhältigen Plan, seinen Sohn Telemachos zu ermorden. Habt ihr denn kein Mitleid? Keinen Sinn für Gerechtigkeit?"

Freier: werben um die Gunst einer Frau, die sie heiraten wollen.

Gespannt warten Athene und die anderen Götter des Olymp auf die Antwort des mächtigen Zeus.

„Athene, meine Tochter, zürne nicht. Du hast Recht. Das Schicksal von Odysseus, dem edlen Sohn des Laertes, soll sein, nach Hause zurückzukehren. Der Götterbote Hermes wird sofort aufbrechen und Kalypso auffordern, Odysseus ein Schiff zu geben und ihn ziehen zu lassen. Aber sein Weg soll Odysseus zunächst zur Insel der **Phäaken** führen. "

Hochzufrieden mit der Antwort ihres Vaters, greift Athene nach ihrem Speer und macht sich auf nach Ithaka, um dort Odysseus' Sohn Telemachos zu beschützen.

Phäaken: sagenhaftes Volk.

Hermes eilt mit seinen Flügelschuhen zur Insel Ogygia. Er begibt sich zu Kalypso und verkündet ihr das Urteil des göttlichen Zeus.

Da überkommt die Nymphe eine furchtbare Trauer, und sie klagt voller Verbitterung: „Worauf seid ihr Götter nur eifersüchtig? Ihr beherrscht den Himmel, die Erde und den gewaltigen Ozean. Ich will doch nur meine Insel und die Liebe dieses Mannes! Ist das zu viel verlangt? Darf denn eine Nymphe keinen Sterblichen lieben? Ich war es, die ihn vor dem sicheren Tod gerettet hat. Ich habe ihn bei mir aufgenommen, nachdem sein Schiff zerschellt war und er all seine treuen Gefährten verloren hatte ... Doch ich weiß, dass ich gegen den Befehl des Zeus nichts auszurichten vermag. Ein Schiff besitze ich nicht, wie du weißt. Aber ich werde Odysseus helfen, ein festes Floß zu bauen, das ihn über das Meer tragen wird."

„Göttliche Kalypso", antwortet Hermes, „ich verstehe deinen Kummer, aber so ist Odysseus' Schicksal. Weder Mensch noch Gott können etwas daran ändern."

So eilt der Götterbote davon, und Kalypso schreitet zu Odysseus an den Strand hinunter.

„Edler Odysseus, wie gerne hätte ich dich bei mir behalten und dir die Gabe der Unsterblichkeit geschenkt", sagt die Nymphe traurig. „Doch da du dich nach so vielen Jahren noch immer nach deiner Heimat sehnst, will ich dich ziehen lassen. Du sollst alles bekommen, was du zum Bau eines Floßes brauchst. Es wird dich sicher zur Insel der Phäaken bringen, denn nur sie können dir helfen, nach Ithaka zurückzukehren. Zuvor sollst du aber wissen, dass deine Leiden noch nicht zu Ende sind. Du musst noch viele Prüfungen bestehen, bevor du deine Heimat wiedersehen wirst – und selbst dann ist dein Ziel noch nicht erreicht."

Doch nichts kann Odysseus aufhalten. Schon denkt er voller Freude an seine bevorstehende Abreise.

Gleich am nächsten Morgen beginnt er mit dem Bau des

Floßes. Den Boden fügt er aus zwanzig Baumstämmen zusammen, daran befestigt er einen hohen Mast mit einem mächtigen Segel und ein stabiles Steuerruder. In nur vier Tagen ist das Floß fertig. Am fünften Tag belädt Kalypso es mit Proviant und Geschenken und lässt eine sanfte Brise aufkommen. Odysseus setzt das Segel und sticht in See.

Siebzehn Tage lang segelt er, von den Sternen geleitet, friedlich über das Meer. Am achtzehnten Tag schließlich taucht das Land der Phäaken vor ihm aus dem Nebel auf.

Doch gerade in diesem Moment kehrt Poseidon aus Äthiopien zurück und fährt in seinem Streitwagen über das Meer. Er entdeckt das Floß!

Außer sich vor Wut, Odysseus seinem Ziel so nahe zu sehen, wühlt der Gott des Meeres mit seinem Dreizack das Meer auf.

Augenblicklich türmen sich meterhohe Wellen auf. Poseidon zieht dunkle Wolken zusammen. Es wird schwarz wie die Nacht. Dann ruft er die Stürme herbei: **Euros, Notos, Zephyros** und **Boreas** heulen und pfeifen um die Wette.

Euros, Notos, Zephyros, Boreas: Namen der Ost-, Süd-, West- und Nordwinde.

Auf seinem Floß hockt Odysseus am ganzen Körper zitternd. Verängstigt umklammert er das Steuerruder. Er beginnt zu klagen: „Oh wehe mir, ich bin verloren! Kalypso sprach die Wahrheit, meine Leiden finden noch kein Ende. Warum konnte ich nicht im Kampf um Troja sterben? Dann wäre ich ehrenvoll bestattet worden. Nun muss ich ruhmlos und von allen Menschen verlassen in den Fluten versinken!"

In diesem Moment erfasst eine riesige Welle das Floß, entreißt Odysseus das Ruder und wirft ihn in die tobende See. Dann bricht der Mast, das Segel treibt davon und Odysseus ist nur noch ein Spielball der Wellen. Poseidon ist mit seinem Werk zufrieden, treibt seine Pferde an und jagt davon.

Doch dem tapferen Odysseus gelingt es, wieder an die Wasseroberfläche zu kommen. Er spuckt das Salzwasser aus und ringt nach Luft. Obwohl zu Tode erschöpft, kann er das zertrümmerte Floß fassen und sich daran festklammern. Hilflos den Gewalten des Meeres ausgeliefert, fühlt er seine letzte Stunde nahen.

So findet ihn die Meeresnymphe Leukothea. Er tut ihr Leid, und in Gestalt einer Möwe setzt sie sich neben ihn auf das Floß.

„Unglücklicher, so hart hat dich Poseidons Hass getroffen? Höre meinen Rat: Entledige dich deiner Kleider, überlasse das Floß den Wellen und schwimme mit eigener Kraft ans Ufer der Phäaken, wie es dir vorbestimmt ist. Nimm meinen Schleier, er wird dich bis an die Küste tragen. Doch wenn du dort angekommen bist, wirf ihn wieder zurück ins Meer."

Mit diesen Worten fliegt die Möwe davon und verschwindet in den Wellen.

Sein Unglück hat Odysseus misstrauisch gemacht, und er vermutet eine Falle, aber eine noch gewaltigere Welle als die vorherige nimmt ihm die Entscheidung ab. Er folgt dem Rat der Nymphe und stürzt sich ins Meer.

Der Schleier trägt ihn, und er schwimmt mit kräftigen Zügen. Endlich nähert er sich der Küste ... Doch da ist nichts als steile Klippen, an denen sich die Wellen brechen! Odysseus schwimmt weiter, in der Hoffnung, eine Bucht oder einen Strand zu entdecken. Völlig erschöpft erreicht er schließlich eine Flussmündung. Er fleht den Gott des Flusses an, die Strömung zu verringern, damit er an Land gehen kann. Sein Gebet wird erhört! Der tapfere Held erreicht gerade noch das rettende Ufer. Dort bricht er ohnmächtig zusammen, verletzt und am Ende seiner Kräfte.

Als Odysseus wieder zu sich kommt, löst er den Schleier der Nymphe, den er sich um die Brust gebunden hatte, und wirft ihn ins Wasser. Dankbar küsst er den festen Boden unter sich und sieht sich nach einem sicheren Lager um, in dem er vor der Kälte und wilden Tieren geschützt ist. Denn ringsherum lauern Gefahren. In einem nahen Wäldchen entdeckt er schließlich einen Zwillingsbaum, dessen Stämme so miteinander verwachsen sind, dass ihre Kronen weder Sonne noch Regen hindurchlassen. Die Erde darunter ist von einer dicken Blätterschicht bedeckt.

Glücklich lässt sich Odysseus auf das weiche Lager sinken und bedeckt seinen Körper mit Zweigen. Dann schenkt Athene ihrem Schützling einen tiefen und erholsamen Schlaf.

DIE OLYMPISCHEN GÖTTER sind die höchsten Götter der Griechen. Daneben glauben sie aber noch an viele andere Gottheiten.

Athene: Göttin der Weisheit
Sie ist die Göttin der Weisheit und des Krieges. Während der Schlacht um Troja kämpft sie auf der Seite der Griechen und steht mehreren Helden bei – vor allem ihrem Schützling Odysseus.

Das Wappentier der Athene ist die Eule

Athene

Zeus

„Auf dem Gipfel des Olymp haben sich die Götter vor dem Palast des Göttervaters Zeus versammelt.“

Zeus: der höchste der Olympischen Götter
Er wird häufig mit einem Blitz in der Hand dargestellt, bereit, ihn auf denjenigen zu schleudern, den er bestrafen will. Er ist der Hüter der Gerechtigkeit unter den Menschen. Die anderen Olympier sind seine Geschwister oder seine Kinder.

Poseidon
Bruder des Zeus und Herrscher über die Meere und Gewässer. Seine Macht ist gewaltig. Als Waffe dient ihm der Dreizack, mit dem er Stürme entfesseln und Überschwemmungen auslösen kann.

Hermes
Sohn des Zeus und der Maia. Er ist ein jugendlicher Gott, deshalb hat er keinen Bart. Seine Flügelsandalen tragen ihn über die Meere und durch die Lüfte. Er ist der Bote der Götter. Außerdem gilt er als Gott der Reisenden, der Kaufleute und der Diebe! Er begleitet die Seelen der Toten bis ans Tor der Unterwelt.

Der Olymp
Dieser meist wolkenverhangene, höchste Berg Griechenlands ist Sitz der Götter.

Der Olymp

Poseidon

Hermes

Rettung durch eine Prinzessin

Während Odysseus schläft, eilt Athene in die nahe gelegene Hauptstadt der Phäaken. Im Palast angekommen betritt sie das Schlafgemach Nausikaas, der schönen Tochter des weisen Königs Alkinoos.

Umgeben von Dienerinnen ruht die Prinzessin auf ihrem Lager, und noch im Schlaf lässt Nausikaas Anmut das Zimmer hell erstrahlen. In Gestalt einer engen Freundin schleicht sich die Göttin in ihren Traum.

„Wo steht dir nur der Kopf, Nausikaa?“, fragt Athene. „Du kümmerst dich nicht genug um eure kostbaren Gewänder und edlen Stoffe. Wer weiß, ob du sie nicht bald brauchen wirst? Zu deiner Hochzeit willst du doch gewiss deine schönsten Kleider tragen, und auch dein Gefolge soll prächtig anzusehen sein. Darum gehe zum Fluss hinunter, um die Gewänder, Schleier und Gürtel zu waschen. Sobald du aufgewacht bist, solltest du deinen Vater um Maultiere und einen Wagen bitten, damit du die Wäsche zum Fluss bringen kannst. Beeile dich!“

Nach diesen Worten kehrt die Göttin eilig auf den Olymp zurück.

Kaum färbt die Morgensonne den Himmel, erwacht Nausikaa, noch ganz benommen von ihrem Traum. Sofort eilt sie zu ihrem königlichen Vater: „Mein Vater, lass einen Wagen anspannen, damit ich zum Fluss hinunterfahren kann. Alle unsere kostbaren Gewänder und Stoffe sind staubig und fleckig. So kannst du keiner Versammlung mehr vorsitzen. Und was sollen meine fünf Brüder zum Tanze tragen? Ich muss unbedingt unsere Kleider waschen!"

Aus Scham wagt es die Prinzessin nicht, ihre Hochzeit zu erwähnen. Doch ihr Vater versteht sie sehr wohl, und lächelnd stimmt er ihr zu.

Schon bald sind die Maultiere angeschirrt und eingespannt. Nausikaa belädt den Wagen mit den kostbaren Gewändern. Die Dienerinnen folgen ihr. Ihre Mutter bringt einen Korb

mit Proviant und eine goldene, mit duftendem Öl gefüllte **Phiole**. Die Prinzessin steigt auf den Wagen und ergreift die Zügel. Sie lässt die Peitsche knallen, und mit klappernden Hufen setzen sich die Tiere in Bewegung.

Phiole:
kleiner Krug oder kleine Flasche.

Im Flussbett befinden sich zahlreiche Vertiefungen, in denen sich das Wasser zu kleinen Seen sammelt. Dort sind die Waschplätze. Die jungen Mädchen halten hier an und spannen die Maultiere aus, damit diese in der Nähe grasen können. Dann heben die Dienerinnen die Wäsche aus dem Wagen, stampfen sie eifrig mit den Füßen und ziehen sie durch das reine und klare Wasser. Als alles makellos sauber ist, breiten sie die Wäschestücke zum Trocknen auf den großen, glatten Steinen am Ufer aus. Dann haben sie Zeit zu baden,

Salben: sich zur Körperpflege mit duftenden Ölen einreiben.

sich zu **salben** und zu Mittag zu essen. Während sie darauf warten, dass die warmen Sonnenstrahlen die Wäsche trocknen, vertreiben sie sich die Zeit mit einem Ballspiel.

Gerade als sie aufbrechen wollen, greift Athene ein. Odysseus soll jetzt erwachen! Die Göttin lenkt den Ball in den strudelnden Fluss.

Die Schreie der Mädchen lassen den tapferen Helden aus dem Schlaf schrecken, und er erhebt sich von seinem Lager: „Was ist denn das für ein Geschrei? Wo bin ich nur hingeraten? Gehören diese Stimmen zu gastfreundlichen Menschen oder zu gefährlichen Wilden? Nun, das muss ich mit eigenen Augen sehen!"

Er greift nach einem dicht belaubten Zweig, um seine Blöße zu bedecken, und taucht aus dem Dickicht auf. Doch er sieht so schrecklich und Furcht erregend aus, dass die Dienerinnen in alle Himmelsrichtungen davonrennen. Nur Nausikaa rührt sich nicht, denn Athene haucht ihr Mut ein.

Odysseus fürchtet, die Prinzessin zu erschrecken, wenn er sich ihr nähert. Deshalb spricht er sie sanft aus der Ferne an: „Prinzessin – oder bist du vielleicht eine Göttin? – Ich vermag es nicht zu entscheiden, so schön bist du. Ich werfe mich dir zu Füßen. Bist du ein Menschenkind, so können sich deine Eltern glücklich preisen. Welch ein Segen wirst du für den Mann sein, der dich einmal als Braut heimführen wird! Du Göttliche, ich wage es nicht, mich dir noch weiter zu nähern. Du siehst hier einen armen Schiffbrüchigen vor dir, den Sturm und Wellen vom rechten Kurs abgebracht haben. Prinzessin, ich bitte dich, hab Mitleid mit mir! Weise mir den Weg zur nächsten Stadt, und gib mir ein Stück Stoff für meine Lenden. Die Götter mögen es dir lohnen!"

„Deine Worte rühren mich, Fremder", antwortet Nausikaa. „So spricht kein einfacher Schiffbrüchiger! Du bist im Land der Phäaken. Ich selbst bin Nausikaa, die Tochter des Königs Alkinoos. Du sollst bekommen, was du wünschst, denn wir achten auch Bettler und Bittsteller. Sie sind von Zeus selbst gesandt."

Die Prinzessin ruft ihre Dienerinnen zu sich und tadelt sie wegen ihrer Feigheit. Dann weist sie die Mädchen an, Odysseus ein Bad zu bereiten. Aber der schämt sich seines schmutzigen Körpers und lehnt ihre Dienste ab. Stattdessen wählt er eine versteckte Wasserstelle und wäscht selbst seinen Körper und sein Haar. Mit Genuss greift er dann nach der Phiole mit Öl, die ihm die Dienerinnen reichen. Wie lange hat er seinen Körper nicht mit duftendem Öl gesalbt! Schließlich streift er sich die **Tunika** über, die ihm Nausikaa entgegenhält, und nähert sich den übrigen Mädchen. Athene verleiht ihm göttliche Anmut und ein königliches Auftreten.

Tunika: Gewand für Männer und Frauen, meist aus feiner, weißer Wolle.

Die Prinzessin ist geblendet von seiner prachtvollen Erscheinung und flüstert ihren Dienerinnen zu: „Dieser Fremde hat die Haltung eines Königs. Er muss ein Liebling der Götter sein. Einen solchen Mann wünsche ich mir zum Gemahl! Gebt ihm zu essen und zu trinken!"

Die Mädchen bieten Odysseus Speisen und Getränke an, und er greift gierig zu. Dann bietet ihm Nausikaa an: „Fremder, lasst uns jetzt aufbrechen. Doch vor der Stadt werden sich unsere Wege trennen. Du wirst dich für kurze Zeit im Wäldchen der Athene in der Nähe des Hafens versteckt halten, während ich in den Palast meiner Eltern heimkehre. Erst dann nähere dich selbst dem Königspalast. Du kannst ihn nicht verfehlen, denn seine Pracht ist einzigartig. Durchquere den Thronsaal, ohne vor dem König Alkinoos niederzuknien, und werfe dich vor die Füße meiner Mutter, der gütigen Königin Arete. Sie wird neben dem Feuer sitzen und Wolle spinnen. Wenn es dir gelingt, ihr Herz zu rühren, sollen all deine Wünsche erfüllt werden."

So brechen sie auf. Nausikaa sitzt auf dem Wagen. Odysseus und die Dienerinnen folgen ihr zu Fuß. Als die Sonne untergeht, erreichen sie den heiligen Hain der Athene. Während die Prinzessin und ihr Gefolge weiterziehen, kniet Odysseus nieder und bittet Athene um Schutz und Hilfe. Die Göttin erhört ihn, und als er sich kurz darauf zum Palast aufmacht, umgibt sie ihn mit einer dichten Nebelwolke, die ihn vor allen Blicken schützt. Dann nähert Athene sich ihm selbst in Gestalt eines jungen Mädchens, das einen Korb auf dem Kopf trägt, und geleitet ihn zum Palast.

Odysseus bewundert den Hafen und die schnellen Schiffe sowie die Stadtmauer und die hohen **Palisaden**. Doch die Pracht des Palastes überstrahlt alles. Er glänzt hell wie die Sonne: die Mauern aus Bronze, die Böden leuchtend dunkelblau und die Pforte aus reinem Silber mit einem goldenen Ring. Das Gebäude ist umgeben von herrlichen Gärten, in denen Blumen

Palisaden: zu einem hohen Zaun dicht nebeneinander eingegrabene Pfähle.

und Früchte das ganze Jahr über blühen und reifen. Ihre Farben und Wohlgerüche kennen weder Winter noch Sommer. So wird der fromme König Alkinoos von den Göttern belohnt.

Nachdem Odysseus all diese Herrlichkeiten bewundert hat, betritt er entschlossen den großen Thronsaal. Dort spenden einige vornehme Phäaken ihr nächtliches **Trankopfer**. Ohne anzuhalten durchschreitet er ihre Reihen und wirft sich Arete vor die Füße. Bei seinem Anblick verstummen die Anwesenden.

Trankopfer: Zu Ehren eines Gottes wird Wein (oder auch eine andere Flüssigkeit wie Milch oder Wasser) auf den Boden oder auf einen Altar geschüttet. Der restliche Wein wird getrunken.

Dann trägt Odysseus der Königin seine Bitte vor: „Arete, du siehst mich hier zu deinen und deines Mannes Füßen, nachdem ich großes Unglück erduldet habe und harten Prüfungen ausgesetzt war. Mögen die Götter euch Glück und Reichtum bescheren! Seid gütig, und schenkt mir die Mittel, um in meine Heimat und zu meiner Familie zurückzukehren. Die Meinen mussten mich schon so lange entbehren!"

Nach diesen Worten lässt er sich schweigend neben dem Feuer nieder. Alkinoos bittet ihn, sich zu erheben und neben ihm auf einem silberbeschlagenen Sessel Platz zu nehmen. Die Diener bringen ihm für die **Ablution** eine Schüssel mit Wasser. Sie stellen einen Tisch auf, der mit Speisen und Getränken reich gedeckt ist. Dankbar beginnt Odysseus zu essen, Alkinoos lässt in einem **Krater** Wein mischen, um Zeus, dem Schutzherrn der Bittsteller, ein weiteres Trankopfer darzubringen.

Ablution: Vor jeder religiösen Handlung und vor jeder Mahlzeit wäscht man sich aus rituellen Gründen die Hände.

Krater: Das traditionelle Gefäß, in dem Wein und Wasser gemischt werden. Krater gibt es in verschiedenen Formen.

Nachdem alle ihren Wein geopfert haben, fordert Alkinoos die Phäaken auf, gleich am nächsten Tag ein Schiff auszurüsten, damit der Fremde in seine Heimat zurückkehren kann. Der König selbst beschließt, dem Gast zu Ehren ein großes Fest zu geben. Nach einem üppigen Mahl sollen sich die edlen jungen Phäaken im Wettkampf messen. Odysseus dankt Alkinoos, wie es Brauch ist. Dann wird die Tafel aufgehoben, und ein jeder kehrt nach Hause zurück, um sich schlafen zu legen.

Auch Alkinoos und seine Gemahlin ziehen sich in ihr Schlafgemach zurück. Die Diener bereiten Odysseus ein bequemes Lager, und der Held sinkt endlich in einen tiefen Schlaf.

OPFER UND OPFERGABEN im privaten und öffentlichen Rahmen bestimmen den Lebensrhythmus der Griechen. Im Alltag spielen die Götter eine zentrale Rolle. Sie werden in allen wichtigen Fragen um Rat und Hilfe gebeten.

Die Opfergaben
Im Alltag opfert man Früchte, Käse oder Kuchen. Will man den Göttern danken, bietet man ihnen wertvollere Gaben an, wie beispielsweise Vasen, einen Dreifuß (dreibeiniges Gestell) oder kleine Statuen.

Das Tieropfer
Zu besonders wichtigen Anlässen werden Tiere geopfert (z. B. Stiere). Sie sind sehr wertvoll. Tieropfer finden unter freiem Himmel statt, meist auf einem Altar.
Das Opfertier, oft ein Haustier (ein Schaf, ein Schwein oder Geflügel) wird mit Kränzen und Bändern geschmückt.

Das Trankopfer
Das am weitesten verbreitete religiöse Ritual der Griechen ist das Trankopfer (Libation). Wein, Milch, Wasser oder Honig werden auf einen Altar oder direkt auf den Boden geschüttet. Oft wird die restliche Flüssigkeit in eine Trinkschale gegossen und an alle Anwesenden weitergereicht.

„ALKINOOS LÄSST IN EINEM KRATER WEIN MISCHEN, UM ZEUS, DEM SCHUTZHERRN DER BITTSTELLER, EIN WEITERES TRANKOPFER DARZUBRINGEN."

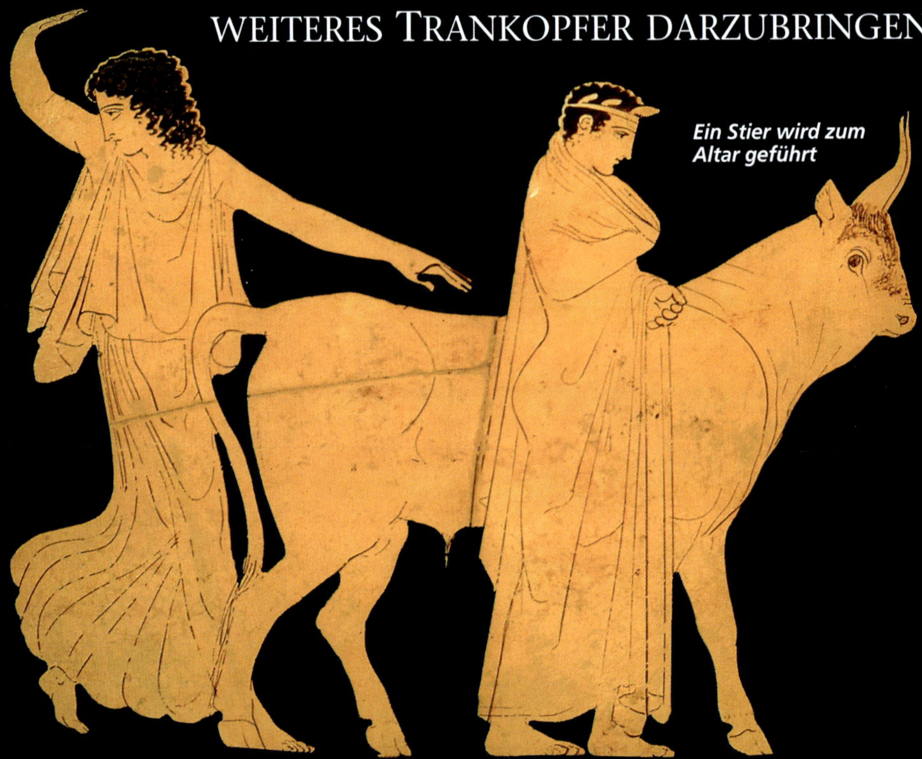

Ein Stier wird zum Altar geführt

Flug der Pelikane

Das Voraussagen der Zukunft
Die Götter werden in privaten oder öffentlichen Angelegenheiten um Rat gefragt. Priester untersuchen die Eingeweide der Tiere, beobachten den Flug der Vögel oder deuten Träume. Um einen Gott zu befragen, besucht man ein ihm geweihtes Heiligtum. In Delphi sagt Apollo durch die Priesterin Pythia die Zukunft voraus. Allerdings sind seine Weissagungen sehr schwer zu verstehen. In Dodona weissagt Zeus in der Gestalt einer heiligen Ziege.

Das Opferritual
Der Priester durchtrennt die Kehle des Opfertieres und zerlegt es. Die Knochen und das Fett werden mit Wein übergossen und verbrannt, denn der Rauch gehört den Göttern. Die Eingeweide werden erst untersucht und dann an langen Spießen gebraten. Das Fleisch wird unter den Teilnehmern des Rituals verteilt.

Opfer zu Ehren Apollos (im Bild rechts)

Bei den Phäaken

Bei Sonnenaufgang lässt der König zwölf Schafe, acht Schweine und zwei Rinder für das Festmahl schlachten. Jung und Alt nimmt an der reich gedeckten Tafel Platz. Auch der blinde Sänger Demodokos ist geladen. Er wird von einem Diener zu seinem Platz geführt.

Nach einem üppigen Mahl reicht man dem Sänger seine **Lyra**, und er besingt die großen Taten der siegreichen Helden von Troja: Agamemnon, Achilles, Odysseus und die vielen anderen tapferen Kämpfer ... Die Phäaken lauschen gespannt, und Odysseus muss seinen Mantel über das Gesicht ziehen, um seine Tränen zu verbergen.

Dann gibt König Alkinoos das Signal für den Beginn der sportlichen Wettkämpfe. Die gesamte Festgesellschaft erhebt sich und geht zur **Agora**. Die Gäste stellen sich am Rand des Platzes auf, um nichts von dem Wettstreit der jungen Männer zu versäumen.

Lyra: harfenähnliches Saiteninstrument.
Agora: der zentrale Versammlungsort jeder griechischen Stadt.

Die Spiele beginnen mit dem Wettlauf auf der Sandbahn. Dann folgen Ringen, Weitsprung, Diskuswurf und schließlich der Faustkampf.

Am Ende der Wettkämpfe erhebt sich Laodamas, der Sohn des Alkinoos. Er wendet sich an Odysseus: „Fremder, dein Körper ist gut gebaut. Du bist es sicher gewohnt, an sportlichen Spielen teilzunehmen. Komm, vergiss deine Sorgen, und messe dich mit uns!"

„Laodamas", antwortet Odysseus, „ich danke für deine Einladung. Doch ich habe wirklich zu viele Sorgen, um an Spiele zu denken."

Euryalos, der Gewinner des Ringkampfs, mischt sich ein. Er will den Fremden herausfordern.

„Aber nein, du kannst sicher nicht kämpfen. Du bist ein Seemann. Du magst ein Händler, vielleicht sogar ein Pirat sein, aber ein **Athlet** bist du nicht!"

„Das sind harte Worte, mein junger Freund! Es ist nicht so, dass mich die Spiele nicht interessieren. Es ist mein Unglück, das mir die Kräfte geraubt hat. Aber du hast mir mit deiner unverschämten Rede einen Stich ins Herz versetzt, und nun will ich mich dem Kampf stellen!"

Daraufhin legt Odysseus seinen Mantel ab und greift nach einer größeren und schwereren Diskusscheibe als die, mit denen die Phäaken geworfen haben. Er holt Schwung und schleudert die Scheibe viel weiter als alle anderen.

Jetzt ist es an ihm, die Phäaken zu fordern: „Nun, meine jungen Freunde, tut es mir gleich! Ihr habt meinen Ehrgeiz geweckt, und so will ich mich gerne in jeder anderen **Disziplin** mit euch messen, wenn ihr es wünscht. Nur Laodamas werde ich nicht herausfordern, denn er ist der Sohn meines Gast-

Athlet: Wettkämpfer im Sport.
Disziplin: Teilbereich des sportlichen Wettkampfes.

gebers, und ihn will ich nicht beleidigen. Doch vor allen anderen fürchte ich mich nicht."

Auf seine Worte folgt eine lange Stille. Dann bricht König Alkinoos das Schweigen: „Fremder, zügle deinen Zorn. Niemand hier zweifelt an deinem Können. Du musst dich nicht mit uns messen. Und mögen wir auch keine starken Faustkämpfer oder Ringer sein, so sind wir doch hervorragende Läufer und können schnelle Schiffe bauen. Wir lieben Tanz und Gesang, und wir schätzen gutes Essen und ein weiches Lager. Daran magst du dich erinnern, wenn du wieder in deine Heimat zurückgekehrt bist! Auf, auf, liebe Phäaken, geben wir unserem Gast eine Kostprobe unserer Kunst! Macht Platz für den Sänger und seine Lyra!"

Sogleich wird auf der Agora eine ebene Fläche hergerichtet, damit die jungen Tänzer den Gesang des Demodokos begleiten können. Die Darsteller bereiten allen Gästen und selbst Odysseus große Freude.

Dann zeigen Laodamas und sein Bruder Halios ihre Kunst. Zuerst werfen sie einen Ball in die Luft und fangen ihn, während sie Rollen oder elegante Sprünge machen, wieder auf. Danach tanzen sie anmutig zum Klang von Demodokos' Lyra. Die anderen Jünglinge schließen sich ihnen an.

Odysseus ist von der Darbietung beeindruckt und beglückwünscht Alkinoos. Der König aber wendet sich an die vornehmsten unter den Anwesenden: „Phäaken, unser Gast weiß unsere Kunst zu schätzen. Lasst uns ihm nun die **Gastgeschenke** reichen. Jeder soll ihm eine feine Tunika, einen Mantel und

Gastgeschenke: Es ist Brauch, dass der Gastgeber seinem Gast ein Geschenk macht. Großzügigkeit ist dabei ein Zeichen von Reichtum und Vornehmheit.

Talent: erst eine Gewichts-, später eine Geldeinheit. Ein Talent Gold ist eine beträchtliche Summe Geld.

ein **Talent** Gold bringen. Euryalos' Geschenk aber soll besonders prächtig sein, um den Zorn unseres Gastes zu besänftigen."

Die edlen Phäaken vernehmen seine Worte mit Wohlwollen und Zustimmung. Euryalos nimmt sein Schwert mit dem silbernen Griff und der Scheide aus Elfenbein. Er überreicht es Odysseus und sagt: „Fremder, möge der Wind meine kränkenden Worte verwehen! Ich wünsche dir, dass die Götter dich in deine Heimat zurückkehren lassen, denn du hast genug gelitten!"

Odysseus antwortet ihm: „Ich danke dir für dein Schwert und deine freundlichen Worte, Euryalos. Mögen die Götter dir gewogen sein!"

Als die Sonne untergeht, sind alle Geschenke im Palast eingetroffen. Alkinoos lässt seine schönste und wertvollste Truhe holen, um die Gaben hineinzulegen. Er selbst schenkt Odysseus einen goldenen Opferkelch, damit er in der Heimat sein Trankopfer im Angedenken an die Phäaken darbringen kann. Danach bittet er die Königin Arete, dem Fremden ein Bad bereiten zu lassen.

Nachdem die Diener Odysseus gewaschen, gesalbt und in eine neue kostbare Tunika gehüllt haben, wirft sich dieser einen prächtigen Mantel über und betritt den Thronsaal. Dort trifft er auf Nausikaa, die ihn voll Bewunderung betrachtet: „Ich wünsche dir Glück, Fremder! Vergiss mich nicht, wenn du wieder zu Hause bist. Schließlich bin ich es, der du dein Leben zu verdanken hast!"

„Edle Nausikaa, möge Zeus mich sicher in die Heimat führen!

Dort werde ich dich verehren wie eine Göttin, denn du hast mir das Leben gerettet!"

Das abendliche Festmahl beginnt. Alle Gäste nehmen an der Tafel Platz, und auch Demodokos ist wieder unter ihnen. Um ihm seinen Respekt zu bezeugen, lässt ihm Odysseus das beste Stück Fleisch bringen. Und als das Mahl beendet ist, bittet er den Sänger, noch einmal seine Stimme zu erheben. Er möchte die Geschichte vom Krieg um Troja hören, wie Athene und **Epeios** eine List erdachten, die den Griechen den Sieg über die Trojaner brachte: das hölzerne Pferd.

Der blinde Sänger greift nach seiner Lyra. Er singt von den Griechen, die zum Schein die trojanische Küste verließen und am Ufer ein gewaltiges hölzernes Pferd zurückließen. In dessen hohlem Bauch hatten sich ihre tapfersten Krieger versteckt. Die Trojaner wussten nicht recht, was sie mit dem Ungetüm anfangen sollten. Sie fassten den folgenschweren Entschluss, es nicht zu zerstören, sondern in ihre Stadt zu ziehen und dort den Göttern als Opfer darzubringen. Damit war ihr Schicksal besiegelt. Im Schutze der Nacht stiegen die griechischen Krieger aus ihrem Versteck und öffneten den heimlich zurückgekehrten Kameraden die Tore der Stadt. Gemeinsam besiegten sie die Trojaner und zerstörten deren Stadt.

Epeios: Name des Griechen, der mithilfe der Göttin Athene die Idee für den Bau des Trojanischen Pferdes hatte.

Demodokos preist die tapferen Helden: den gütigen Menelaos und Odysseus, ein Kämpfer, mutig wie der Kriegsgott Ares selbst. Odysseus lauscht dem Sänger und kann seine Tränen nicht zurückhalten.

König Alkinoos bemerkt seinen Schmerz und erhebt sich: „Edle Phäaken, Demodokos Gesang scheint unseren Gast traurig zu stimmen. So lasst uns aus Rücksicht auf seine Gefühle den Vortrag beenden. Für deine Rückkehr, werter Gast, steht alles bereit, und einige phäakische Schiffe werden dich begleiten. Doch zuvor beantworte mir eine Frage: Wer bist du, Fremder?

Wer sind deine Eltern, und aus welchem Land stammst du? Ich muss es wissen, wenn dich meine Männer begleiten sollen! Erzähle uns von dem Unglück, das dich zu uns geführt hat, und erkläre uns, warum dich Demodokos Gesang so betrübt."

„Weiser Alkinoos, wo soll ich nur anfangen? Zuerst will ich euch meinen Namen nennen, denn das schulde ich euch als euer Gast. Ich bin Odysseus, Sohn des Laertes. Ich komme aus Ithaka, der herrlichsten Insel der Welt. Du willst wissen, wie ich auf eure Insel geraten bin. So will ich euch von meinen Irrfahrten und von den Prüfungen, die Zeus mir auferlegt hat, erzählen. Die Geschichte beginnt mit unserem glorreichen Sieg und der Zerstörung Trojas."

<u>Die sportlichen Wettkämpfe</u> der Griechen finden oft zu Ehren eines Gottes statt. Zu Zeiten des Odysseus werden sie auch anlässlich von Beerdigungen oder für hohe Besucher abgehalten. Umrahmt werden die Spiele von Opfern und rituellen Festmahlen.

Die Teilnehmer
Nur Männer (Erwachsene oder trainierte Jugendliche) dürfen an den sportlichen Wettkämpfen teilnehmen.

Wagenrennen

„Alkinoos gibt das Signal für den Beginn der Spiele. Alle erheben sich und gehen zur Agora."

Das Wagenrennen
Der Gewinner im Wagenrennen ist nicht der siegreiche Wagenlenker, sondern der Besitzer von Pferd und Wagen. Ein Sieg bringt großen Ruhm und hohes Ansehen, sodass reiche oder adlige Griechen zum Teil mehrere Gespanne in einem Rennen starten lassen!

Die Waffenruhe
Für die Dauer bedeutender Wettkämpfe (z.B. der Panhellenischen Spiele) ruht das öffentliche Leben, damit alle Griechen an den Spielen teilnehmen können. Sogar Kriege werden unterbrochen.

Die Athleten
Die Teilnehmer am Speerwerfen, an den **Faust- und Ringkämpfen** und den **Wettrennen** (Wagenrennen ausgenommen) sind nackt. Vom griechischen *gymnos*, „nackt", leitet sich auch der Name der Ausbildungsstätte für die Athleten ab: das *Gymnasium*.

Läufer oder junger Ringer

Zeustempel in Olympia

ang zum Stadion in Olympia

Zweig eines Olivenbaums

Ein Athlet wäscht sich

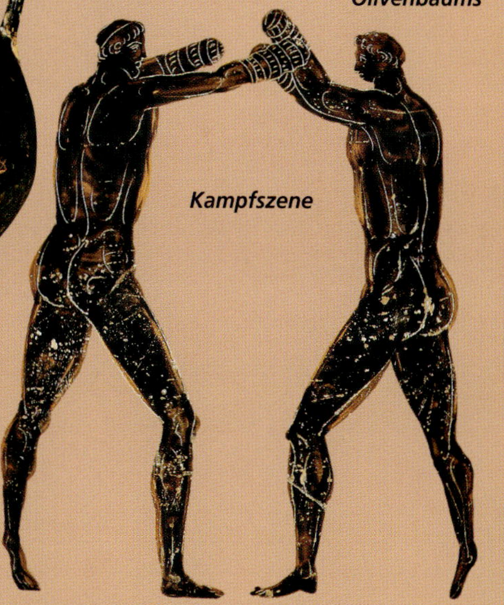

Kampfszene

Olympia
Die größte **Zeus geweihte Kultstätte** befindet sich in Olympia. Ihm zu Ehren werden alle vier Jahre die Olympischen Spiele veranstaltet, an denen Athleten aus allen Städten Griechenlands teilnehmen. Daneben gibt es die Nemäischen Spiele in Nemäa (alle zwei Jahre), die Spiele der Phytier in Delphi (hier finden die Spiele zu Ehren des Apollo statt) und die Isthmischen Spiele in Korinth.

Körperpflege
Der Körper eines Athleten wird gebadet und gesalbt. Nach den Wettkämpfen müssen sich die Kämpfer mit einem gebogenen Kratzeisen abreiben, um das mit Staub und Schweiß vermischte Öl vom Körper zu entfernen.

Der Sieg
Die Sieger erhalten nur einen Lorbeerkranz oder einen Olivenzweig. Ihre Leistungen aber werden in Liedern gerühmt.

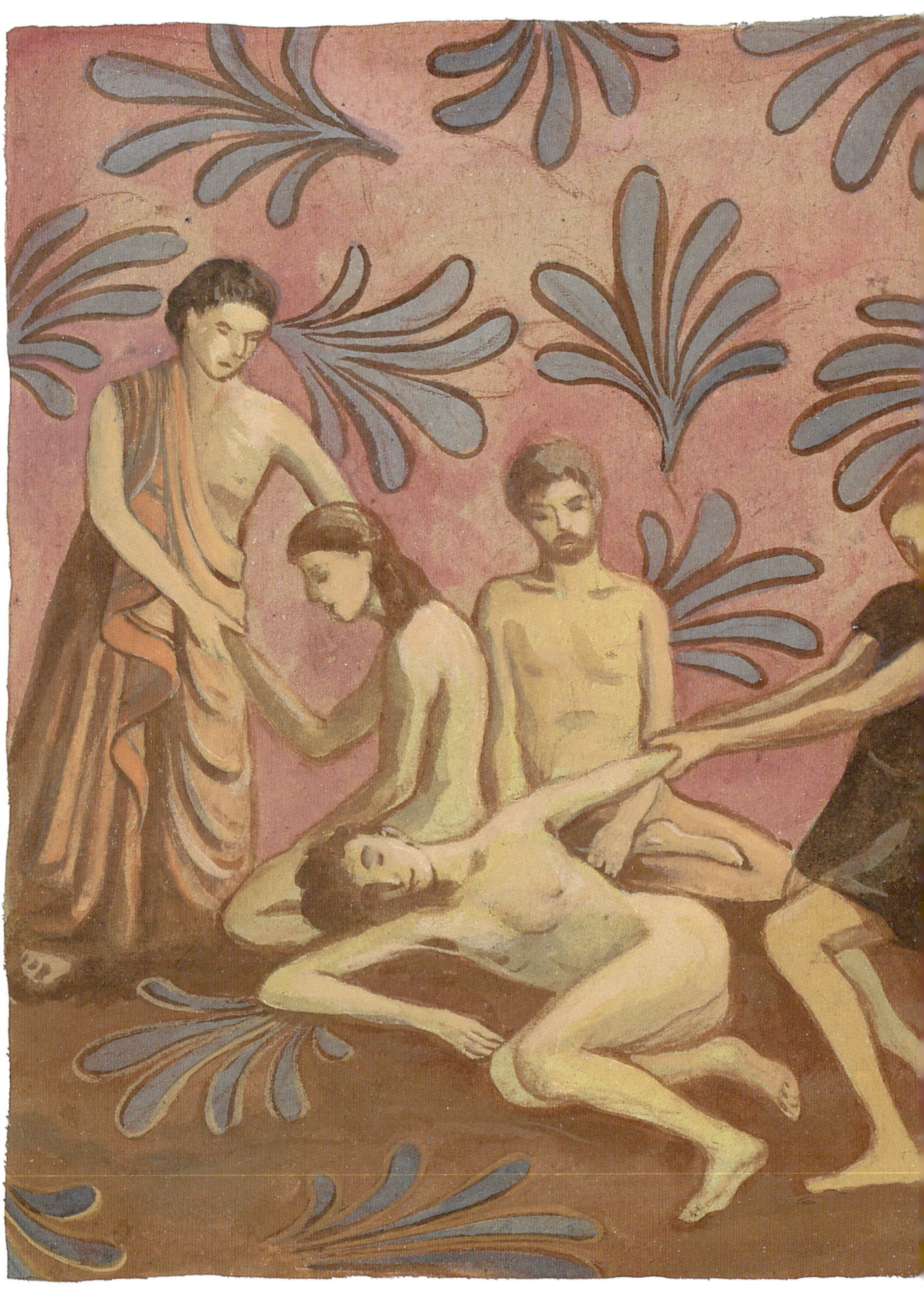

Die ersten Prüfungen

Ein guter Wind trug uns zunächst an die Küste der **Kikoner**. Dort gingen wir an Land, drangen in ihre Stadt ein und eroberten sie. Die Männer töteten wir, verschleppten ihre Frauen und teilten dann die reiche Beute unter uns auf. Doch anstatt sich eiligst wieder davonzumachen, wollten meine törichten Männer noch bleiben und feiern. Es wurde reichlich gegessen und getrunken.

Doch am nächsten Morgen tauchten die Kikoner auf, die über die Insel verstreut lebten. Sie waren in der Überzahl und besser bewaffnet als wir. Sie töteten einen großen Teil meiner Männer. Von jedem unserer Schiffe verloren wir bei diesem Kampf sechs Männer. Der Rest konnte fliehen, und in großer Trauer segelten wir davon.

Kikoner: Volk aus Thrakien (im Nordosten Griechenlands).
Kap Maleas: Gebiet vom Ionischen Meer bis zur Ägäis. Hier das Symbol für die Grenze zwischen realer und fantastischer Welt.
Lotosesser: sagenhaftes Volk.

Noch immer hoffte ich, Ithaka erreichen zu können, doch Wind und Wellen schienen sich gegen uns verschworen zu haben. Neun Tage lang trieben wir hilflos vor dem **Kap Maleas**, bis wir am zehnten Tag zur Küste der **Lotosesser** gelangten.

Ich schickte drei Kundschafter aus, die mir etwas über die

Bewohner des Landes berichten sollten. Die Lotosesser taten ihnen nichts Böses, aber sie gaben ihnen von den Lotosfrüchten zu essen, die alle Erinnerungen auslöschen. Meine Kameraden vergaßen das Ziel unserer Reise, ihr einziges Verlangen wurden die Lotosfrüchte. Nur mit Gewalt vermochten wir sie zurück auf das Schiff zu bringen. Kaum hatten wir sie an Bord geholt, segelten wir weiter. Keiner unserer Männer sollte mehr die Gelegenheit haben, von der gefährlichen Pflanze zu kosten.

So fuhren wir weiter und kamen zur Insel der **Zyklopen**. Diese Riesen lassen ihr Land brachliegen und missachten die Gesetze der Götter. Aber auch ohne ihr Zutun gedeihen auf ihrer Insel Früchte und Getreide im Überfluss. Jeder Zyklop lebt allein in seiner eigenen Höhle.

Zyklopen: einäugige Riesen. Ihr Auge befindet sich mitten auf der Stirn.

Wir legten an einer kleinen bewaldeten Insel in der Nähe an. Dort lebten nur einige wilde Ziegen. Nach einer kurzen Rast gingen wir auf die Jagd und erlegten Dutzende der Tiere. Welch ein Festessen folgte! Fleisch im Überfluss und eine Menge guten Weins, den wir von den Kikonern erbeutet hatten. Danach fielen wir in tiefen Schlaf.

Als die Morgenröte den Himmel rosa färbte, verkündete ich meinen Männern, dass mich die gegenüberliegende Küste neugierig mache und ich gerne dorthin übersetzen wolle. Am Ufer sah man Rauch aufsteigen, und man konnte Schafe blöken hören.

„Wer mag dort wohl wohnen? Gastfreundliche, fromme Menschen oder ein raues und wildes Volk?"

Mit einigen meiner Männer segelte ich hinüber. Vom Strand aus sahen wir eine riesige Felsenhöhle, die von einer Mauer aus Steinen und Zweigen umgeben war. Hier musste ein Riese hausen. Ich ließ den Großteil meiner Männer als Wachen bei unserem Schiff zurück und wählte nur die zwölf tapfersten zu meiner Begleitung aus. Da ich nicht wusste, was uns in der Höhle erwarten würde, nahm ich etwas Proviant mit, darunter auch einen großen **Schlauch** mit starkem, unverdünnten Wein.

Schlauch: ein aus Leder gefertigter Behälter zum Transportieren von Flüssigkeiten.

In der Höhle war außer einigen Lämmern und Ziegen niemand zu sehen. In großen Körben sah man Käselaibe liegen. Meine Gefährten wollten sich davon nehmen, so viel sie tragen konnten, und dann schleunigst auf unser Schiff zurückkehren. Aber ich dummer Kerl wollte unbedingt sehen, wer der Herr dieser Höhle war und welches Gastgeschenk er mir machen würde!

So warteten wir in der Höhle und verzehrten genüsslich den Käse. Doch als der Besitzer, die Arme voller Brennholz, endlich nach Hause kam, packte uns die Angst, und wir versteckten uns in der hintersten Ecke der Höhle.

Der Zyklop war riesig und ähnelte eher einem schneebedeckten Berg als einem Menschen aus Fleisch und Blut! Er trieb die Muttertiere und die Ziegenböcke in die Höhle. Die anderen Tiere blieben draußen im Gehege. Dann verschloss er die Höhle mit einem mächtigen Felsblock. Zwanzig Fuhrwerke hätten nicht ausgereicht, um ihn zur Seite zu ziehen. Der Riese machte sich ans Melken. Die eine Hälfte der Milch stellte er zum Trinken beiseite, die andere ließ er **gerinnen**. Dann

Gerinnung: Um Käse herstellen zu können, muss man die Milch sauer werden oder „gerinnen" lassen. Dabei bilden sich in der Flüssigkeit feste Stücke, die man zum Trocknen herausnimmt und die später zu Käse reifen.

entzündete er ein Feuer, um sich sein Abendessen zu bereiten. Erst danach entdeckte er uns.

„Wer seid ihr, Fremdlinge? Von wo kommt ihr?", fragte der Zyklop.

Seine Stimme war tief und grollend, sodass wir ganz verschreckt waren. Ich aber fasste Mut und antwortete: „Wir sind Griechen und kehren siegreich aus Troja zurück. Doch Zeus hat uns vom rechten Kurs abgebracht. Als Bittsteller kommen wir zu dir. Siehe, ich werfe mich dir zu Füßen. Aus Ehrfurcht vor Zeus, nimm uns auf, und gewähre uns ein Gastgeschenk, so wie es Brauch ist!"

„Du dummer Fremdling! Weißt du denn nicht, dass wir Zyklopen die Götter nicht fürchten, nicht einmal Zeus?"

Noch während er sprach, griff er sich zwei meiner Männer und zertrümmerte ihnen die Schädel. Dann verspeiste er sie. Weder Knochen noch Eingeweide ließ er übrig. All unser Weinen und Flehen war vergebens.

Schließlich waren sein Hunger und sein Durst – er trank nur Milch – gestillt, und er legte sich schlafen. Ich überlegte, ob ich ihm mein Schwert in den Leib rammen sollte, doch dann besann ich mich. Wenn ich ihn tötete, wer sollte dann den Felsblock zur Seite rollen, der den Eingang versperrte? Wir würden elendig in der Höhle zu Grunde gehen! Es blieb uns nichts anderes übrig, als den nächsten Tag abzuwarten.

Als die Sonne aufging, erwachte der Riese, melkte seine Tiere und verschlang zwei weitere Männer. Dann rollte er den Felsblock zur Seite und ging mit seiner Herde nach draußen. Doch

kaum hatte er die Höhle verlassen, verschloss er die Öffnung wieder. Wir blieben zurück, trauerten um unsere Gefährten und brüteten über unser Schicksal. Da hatte ich eine Idee.

An einer Wand der Höhle lehnte ein riesiger Baumstamm, groß wie ein Schiffsmast. Der Zyklop hatte ihn dort zum Trocknen abgestellt. Ich schlug ein Stück davon ab. Meine Gefährten schabten das Holz ganz glatt, während ich eine Seite anspitzte und im Feuer härtete. Schließlich versteckten wir den Pfahl im Mist, der den Boden der Höhle bedeckte. Meine Gefährten losten diejenigen aus, die mit mir zusammen den rettenden Plan verwirklichen sollten. Gemeinsam wollten wir uns dem Zyklopen im Schlaf nähern und ihm das Auge ausstechen. Zu meinem Glück traf das Los die vier tapfersten unter ihnen.

Am Abend kehrte der Riese zurück. Er trieb alle Tiere in die Höhle, die er wieder sorgfältig verschloss. Wie gewöhnlich kümmerte er sich um seine Tiere und griff sich dann erneut zwei meiner Männer.

In diesem Moment trat ich auf ihn zu und bot ihm einen Becher des Weins an, den ich am Tag zuvor mitgebracht hatte: „Koste von diesem Getränk, Zyklop! Ich habe es von unserem Schiff mitgebracht, um dir zu Ehren ein Trankopfer zu bringen und mit dir den Becher zu teilen. Doch dir ist ja nichts heilig!"

Der Riese nahm den Becher und leerte ihn in einem Zug. Sofort verlangte er nach einem zweiten. Dafür versprach er mir ein Gastgeschenk. Ich ließ mich nicht lange bitten und reichte ihm einen zweiten, einen dritten, ja schließlich sogar einen vierten Becher. Jedes Mal goss er den schweren Wein in einem Zug herunter.

Schließlich sprach ich zu ihm: „Weil du mir ein Gastgeschenk versprochen hast, sollst du auch meinen Namen erfahren: Ich heiße Niemand. Meine Eltern, meine Freunde, alle Welt nennt mich Niemand. Und jetzt verrate mir, was du mir schenken willst!"

„Ich werde Niemand als Letzten verspeisen. Das soll mein Geschenk an dich sein!"

Nach diesen Worten sank er zu Boden und schlief augenblicklich ein. Er schnarchte, und um seinen Mund sah man noch Spuren von Wein und von Menschenfleisch.

Eilig legte ich den Pfahl in die glühende Asche. Erst kurz bevor er Feuer fangen wollte, zog ich ihn wieder heraus. Dann näherte ich mich vorsichtig dem Riesen und stieß ihm, zusammen mit den vier dazu bestimmten Männern, den Pfahl tief ins Auge hinein. Wie ein Bohrer drehte sich die Spitze in das Fleisch, und die Hitze des Holzes **versengte** sogar die Brauen des Riesen.

Versengen: Verbrennen durch große Hitze.

Der Zyklop begann wie rasend zu brüllen, und wir wichen entsetzt zurück. Er riss sich den Pfahl aus seiner verstümmelten Augenhöhle und schleuderte ihn weit von sich. Von Sinnen vor Schmerz schrie er nach den anderen Zyklopen. Diese eilten sogleich herbei und fragten: „Was ist los, Polyphem? Warum schreist du so? Versucht dich jemand zu berauben oder gar zu töten?"

„Niemand ist es, meine Brüder, Niemand will mich töten!"

„Nun, wenn niemand versucht, dich zu töten, muss es wohl Zeus selbst sein, der dich strafen will. Dagegen sind sogar wir machtlos!"

Erleichtert stellte ich fest, dass sich die anderen Zyklopen nach und nach wieder in ihre eigenen Höhlen zurückzogen. Meine List war geglückt!

Polyphem tastete sich jammernd zum Eingang der Höhle, wälzte den Felsen zur Seite und setzte sich in die Öffnung. Glaubte er, dass wir den Fehler machen würden, einfach auf ihn loszustürzen?

Fieberhaft überlegte ich, wie wir die Höhle unbeschadet verlassen könnten. Noch bevor der nächste Morgen graute, hatte ich die rettende Idee.

Da die Ziegen wieder mit in der Höhle waren, schnürte ich immer drei von ihnen mit Weidenruten zusammen. Unter den Bauch des mittleren Tieres band ich jeweils einen meiner Männer, sodass die beiden äußeren Tiere die heimliche Fracht verbargen. Ich selbst hatte mir den stattlichsten Bock ausgewählt, legte mich unter ihn und klammerte mich an seinem

dichten Bauchfell fest. So warteten wir darauf, dass es hell wurde.

Als die Sonne bald darauf aufging, drängten die Ziegen und die Böcke nach draußen. Der Zyklop klopfte jedem Tier auf den Rücken, um zu verhindern, dass wir flohen. Zu unserem großen Glück kam er aber nicht auf die Idee, ihnen an die Bäuche zu fassen.

Weil der Widder, an den ich mich gehängt hatte, schwer an meinem Gewicht zu tragen hatte, bewegte er sich langsamer als gewöhnlich. Da er sonst immer der Erste war, wunderte sich Polyphem. Doch auch ihn betastete der Riese nicht näher, sondern streichelte ihn nur und sprach jammernd auf ihn ein. Dann entließ er auch ihn nach draußen.

Die Landwirtschaft in Griechenland ist mühselig, denn die Böden sind trocken und das bergige Land bietet nur wenige Ackerflächen. Der Ackerbau erfordert daher größte Sorgfalt und das Wohlwollen der Götter.

Teller mit Meerestieren

Die Jahreszeiten
Persephone wurde einst von Hades, dem Gott der Unterwelt, geraubt. Ihre Mutter, Demeter, drohte, eine Hungersnot über die Menschen kommen zu lassen, wenn sie nicht zurückkehrt. Da bestimmte Zeus, dass Hades Persephone ein halbes Jahr auf der Erde leben lassen muss, den Rest des Jahres soll sie bei ihm in der Unterwelt verbringen. So lassen im Frühling und Sommer Mutter und Tochter das Getreide wachsen. Doch im Winter trauert Demeter, und das Korn bleibt in der Erde.

Viehzucht und Fischfang
Die griechischen Bauern halten meist **Ziegen**, Schafe, Schweine und Geflügel. Auch der Fischfang spielt eine große Rolle.

Das Getreide
Es bildet die Ernährungsgrundlage der Griechen. Sie bauen Weizen, Gerste und Hirse an, die zu **Brot**, Pfannkuchen, Kuchen oder Getreidegrütze verarbeitet werden.

„Welch ein Festessen folgte! Fleisch im Überfluss und eine Menge guten Weins!“

Bäcker beim Kneten des Brotteigs

Der Weinbau
Den Weinstock brachte Dionysos aus Asien nach Griechenland mit. Der griechische Wein ist sehr schwer und dunkel. Deshalb trinkt man ihn meist verdünnt. Dazu benutzt man ein „Krater“ genanntes, bauchiges Gefäß. Der Wein wird manchmal mit Honig, Kräutern oder Zimt verfeinert.

Krug mit Ernteszene

Der Olivenbaum
Athene machte den Bewohnern von Athika (den späteren Athenern) einen Olivenbaum zum Geschenk. Er ist das Symbol des Friedens und in ganz Griechenland verbreitet. Oliven spielen eine wichtige Rolle in der griechischen Wirtschaft. Die Früchte selbst und auch das Öl sind begehrte Handelwaren.

Olivenhain

Neue Gefahren

Als wir uns weit genug von der Höhle entfernt hatten, ließ ich mich auf den Boden fallen und befreite meine Gefährten. Gemeinsam trieben wir die Tiere, die uns getragen hatten, zu unserem Schiff, das an der Küste vor Anker lag.

Ich muss euch nicht sagen, wie sehr sich die Männer, die auf dem Schiff zurückgeblieben waren, freuten, uns wiederzusehen, und wie groß ihre Trauer um die getöteten Gefährten war. Ohne viel Zeit zu verlieren, banden wir den größten Teil der Herde an Bord fest. Wir setzten das Hauptsegel und verließen eiligst die Insel.

Als wir so weit gesegelt waren, dass uns der Zyklop gerade noch hören konnte, schrie ich ihm zu: „Glaubst du, du hast es mit einem Feigling zu tun, der seine Männer von dir auffressen lässt? Welch großer Irrtum! Doch du hast die gerechte Strafe dafür bekommen, dass du das Gesetz des Zeus missachtet hast. Und wenn du wissen willst, wer dich so grausam bestraft hat: Ich bin Odysseus, Sohn des Laertes, der König von Ithaka!"

Ein Donnergrollen war die Antwort. Außer sich vor Wut riss der Riese einen Felsblock aus dem Boden und schleuderte ihn

Heck: der hintere Teil des Schiffes.

nach unserem Schiff. Fast hätte er unser **Heck** getroffen. Eine ungeheure Welle türmte sich auf, und schon glaubten wir uns verloren. Doch glücklicherweise trieb sie uns von der Zyklopenküste fort. Von ferne konnte ich Polyphem noch wüten hören: „Odysseus, Sohn des Laertes, du sollst verflucht sein! Poseidon, höre mich an! Wenn ich wirklich dein Sohn bin, dann verfolge diesen Mann mit deinem Zorn, und verwehre ihm die Rückkehr in die Heimat! Und sollte es sein Schicksal sein, doch heimzukehren, dann sorge dafür, dass er auf seinem Weg dorthin Qualen und Leiden ertragen muss. Allein und verlassen soll er sein!"

Und Poseidon erhörte ihn.

Die Welle hatte uns bis zu unseren anderen Schiffen getrieben. Wir feierten unser Wiedersehen, und ich opferte Zeus den Widder, der mich gerettet hatte. Doch Zeus verschloss sich meinen Gebeten.

Wir segelten weiter der Heimat entgegen und gelangten zur Insel des Aiolos, dem Hüter der Winde. Gut geschützt durch einen hohen Wall aus Bronze lag sie vor uns. Dort lebten Aiolos, seine Frau und ihre zwölf Kinder. Seine sechs Mädchen und sechs Jungen hatte er miteinander verheiratet. Wir wurden sehr freundlich empfangen und verlebten einen ganzen Monat bei ihnen. Jeden Tag unterhielten sie uns mit Festen und Musik.

Als es Zeit wurde weiterzureisen, überreichte mir Aiolos einen gewaltigen Sack aus dem Leder eines Stieres. Darin hatte er alle Winde, bis auf den sanften Zephyros, den Gott des

Westwindes, eingefangen. Auf diese Weise sicherte er mir eine ruhige Heimfahrt. Doch unsere eigene Dummheit sollte sie verhindern.

Wir waren neun Tage ruhig über das Meer gesegelt, da wollten meine Gefährten sehen, welch ein kostbares Gastgeschenk ich wohl von Aiolos erhalten hatte. Während ich schlief, öffneten sie den Sack. Diese Narren! Ein gewaltiger Sturm erhob sich, die befreiten Winde bliesen in alle Richtungen. Wir mussten es hilflos mitansehen. Voller Verzweiflung überlegte ich, ob ich mich über Bord stürzen sollte, doch dann beruhigte ich mich wieder.

Die Winde trieben uns wieder nach Äolien zurück. Aber dieses Mal verweigerte Aiolos uns die Gastfreundschaft. Er glaubte, unser Missgeschick sei eine Strafe der Götter.

Wir segelten weiter, erschöpft und ohne Hoffnung auf Hilfe. Am siebten Tag landeten wir im Hafen Laistrygonen. Dieser Hafen wurde von zwei großen Felsen geschützt, die so nahe beieinander standen, dass zwischen ihnen nur eine schmale Spalte die Durchfahrt erlaubte. Alle unsere Schiffe fuhren hindurch, um im Hafen festzumachen. Nur mein eigenes Schiff verankerte ich, von einer dunklen Vorahnung getrieben, vor der **Fahrrinne**.

Fahrrinne: bestimmtes Gebiet in einem Fluss oder vor einer Küste, das für die Schifffahrt geeignet ist.

Ich schickte drei Kundschafter aus. Sie trafen auf ein kräftiges junges Mädchen, das Wasser schöpfen wollte. Es wies ihnen den Weg zum Palast ihres Vaters, des Königs Antiphates. Doch als sie dort die Königin erblickten, wichen die Kundschafter entsetzt zurück. Die Frau war gewaltig wie ein Berg!

Sie wandten sich zur Flucht – zu spät! Die Königin hatte bereits ihren riesigen Mann herbeigerufen, der einen der Kundschafter ergriff und ihn bei lebendigem Leibe auffraß. Die beiden anderen rannten um ihr Leben, um die rettenden Schiffe zu erreichen. Aber die Laistrygonen waren schneller und schleuderten gewaltige Felsbrocken auf die Schiffe, die unter lautem Krachen zerbarsten. Wie kleine Fische angelten die Riesen unsere Männer aus dem Hafenbecken und nahmen sie mit sich.

Ich konnte meine Augen kaum von dem schaurigen Geschehen im Hafen abwenden. Verzweifelt durchschnitt ich schließlich die Ankertaue meines Schiffes und ließ meine

immer noch erschöpften Männer rudern, so schnell sie konnten, um vor den Menschenfressern zu fliehen.

Nach einiger Zeit erreichten wir die Insel Aiaia, auf der die schöne Göttin Circe lebt. Wir legten an einer geschützten Bucht an und sanken müde und traurig im Sand nieder. So verbrachten wir zwei Tage. Am dritten Tag kletterte ich auf eine Anhöhe und sah in der Ferne Rauch aufsteigen. Was mochte das sein?

Auf dem Rückweg begegnete mir ein mächtiger Hirsch, den ich mit meinem Speer erlegen konnte. Ich hielt das für ein gutes **Omen**. An Hunger würden wir jeden-

Omen: ein Vorzeichen.

falls nicht sterben! Nach einem Festmahl sammelte ich meine Männer, um zu beratschlagen, wie es weitergehen sollte. Also rief ich: „Kameraden, ohne Hilfe sind wir verloren. Diese Insel ist flach und dicht bewaldet. In ihrer Mitte befindet sich ein Palast, aus dem Rauch aufsteigt. Wir sollten herausfinden, wer dort lebt und ob uns jemand helfen kann."

Meine Männer dachten an unsere Erfahrungen mit den Laistrygonen und dem Zyklopen. Sie flehten mich an, von meinem Plan abzulassen, aber ich blieb hart. Ich teilte sie in zwei Gruppen auf, die eine wurde von mir, die andere von Eurylochos geführt. Das Los, welche Gruppe die Insel auskundschaften sollte, fiel auf Eurylochos. Klagend und jammernd brachen die zweiundzwanzig Männer auf, und auch uns war das Herz schwer.

Auf ihrem Weg trafen sie auf Löwen und Wölfe. Doch anstatt sich auf die Männer zu stürzen, näherten sich die wilden Tiere friedlich und wedelten mit ihren Schwänzen, als ob sie Hunde wären. In Wirklichkeit waren es Männer, die Circe verzaubert hatte. Das Verhalten dieser Tiere war so ungewöhnlich, dass meine Gefährten misstrauisch blieben. Doch als sie beim Palast ankamen und den wunderbaren Gesang der Göttin hörten, waren ihre Zweifel verflogen, und sie klopften an die Pforte. Nur der kluge Eurylochos hielt sich im Hintergrund.

Die Göttin bat die Männer zu sich herein und bot ihnen Wein an, in den sie vorher ein magisches Pulver gemischt hatte. Nachdem sie getrunken hatten, berührte Circe sie mit ihrem Zauberstab und verwandelte sie alle in Schweine. Und obwohl sie Grunzlaute von sich gaben und sich im Dreck suhlten, war ihr Geist doch der eines Menschen geblieben. Deshalb weinten sie bitterlich, als Circe sie in den Schweinestall sperrte.

Eurylochos hatte alles beobachtet und floh, um uns von dem schrecklichen Ereignis zu berichten. Augenblicklich griff ich nach meinen Waffen, um zum Palast der fürchterlichen Göttin aufzubrechen.

Auf meinem Weg traf ich Hermes, der mir in Gestalt eines schönen Jünglings erschien. Er hatte Mitleid mit mir und

reichte mir ein Kraut, das mich gegen den Zaubertrank Circes schützen sollte. Außerdem verriet er mir, wie meine Freunde ihre menschliche Gestalt wiedererlangen konnten. Dann entschwand er in Richtung Olymp.

Schließlich gelangte ich zum Palast. Ich klopfte, wurde eingelassen und bekam den vergifteten Wein zu trinken. Wie vorausgesagt hatte er keinerlei Wirkung auf mich. Auch der Zauberstab der Circe konnte mir nichts anhaben.

Wie mir Hermes geraten hatte, zog ich mein Schwert und bedrohte die schöne Göttin. Sie warf sich mir zu Füßen und sagte mit betörender Stimme: „Du musst Odysseus sein! Es heißt, nur du könntest meinen Reizen widerstehen! Stecke dein Schwert zurück in die Scheide, und teile die Freuden des Lagers mit mir!"

„Oh nein, Circe, wenn ich das tue, dann werde ich dir ausgeliefert sein! Leiste mir den unverbrüchlichen Eid der Götter, dass du mir keinen Schaden zufügen willst!"

Die Göttin schwor, wie von mir verlangt, beim **Styx**. Ich war beruhigt und legte mich zu ihr.

Styx: Fluss der Unterwelt. Die Götter schwören ihre unverbrüchlichen Eide beim Styx.

Unterdessen hatten die Diener den Tisch mit ausgewählten Speisen gedeckt und mir ein warmes Bad bereitet. Die Göttin ließ mich waschen und salben. Dann reichte sie mir eine feine Tunika und einen wertvollen Mantel. Aber ich konnte die Köstlichkeiten der Tafel nicht genießen, denn mich betrübte das Schicksal meiner Gefährten.

Als Circe erkannte, was mich quälte, erhob sie sich und ging zum Schweinestall hinüber. Mit einer Berührung ihres Zauberstabes gab sie meinen Männern ihre menschliche Gestalt zurück. Mir erschienen sie sogar jünger, schöner und stattlicher als zuvor. Wir fassten uns an den Händen und weinten vor Freude. Auch die Göttin war gerührt und ließ meine restlichen Männer holen, damit auch sie an unserem Festmahl teilnehmen konnten.

Schiffe und Seefahrt prägen das Leben in Griechenland. Das Land besteht aus unzähligen Inseln und besitzt 15 000 Kilometer Küste. Trotz großer Gefahren fahren die Griechen zur See, um zu fischen, Kolonien zu gründen und Handel zu treiben.

Der Handel

Die Griechen müssen wichtige Güter wie Getreide, Holz und einige Metalle (Eisen, Kupfer) aus Nachbarländern einführen. Sie selbst handeln vor allem mit Öl, Wein und Tonwaren. Flüssigkeiten und Getreidekörner werden in großen Tonbehältern, den **Amphoren**, transportiert und gelagert.

Die Schiffe

Die griechischen Schiffe verfügen über ein Steuerruder, ein Segel und, je nach Größe, über ein bis drei Ruderreihen. Nach der Anzahl der Ruderreihen oder der Ruderer richtet sich auch die Bezeichnung des Schiffes. So heißt ein Schiff mit drei Reihen Triere. Rudern wird nicht als geringer Dienst, sondern als wichtige Aufgabe eines Seemanns betrachtet.

Konkurrenz auf dem Meer

Die **Phönizier**, die an der Ostküste des Mittelmeers leben, stehen im Wettbewerb zu den griechischen Händlern.

Die Navigation

Die Griechen steuern vor allem auf Sicht, weshalb sie sich nie sehr weit von der Küste entfernen. Deswegen müssen sie sich aber auch vor Stürmen fürchten, die ihre Schiffe an den Felsen zerschellen lassen könnten.

Amphore

Phönizische Münzen

Kriegsschiffe
Erst im 5. Jh. v. Chr. beginnen die Griechen, Kriegsschiffe zu bauen.

„Ich liess meine Männer rudern, so schnell sie konnten."

Triere mit neun Ruderern in jeder Reihe

Dionysos fährt über das Meer.

Der Hafen von Piräus

Piraten
Im Mittelmeerraum gibt es viele Piraten. **Dionysos** soll einst, zum Schutz der Angegriffenen, den Mast eines Piratenschiffes in einen Weinstock und die Piraten selbst in Delfine verwandelt haben.

Der Hafen
Ein Hafen ist sehr wichtig für eine Stadt, denn er stellt eine unabhängige Versorgung sicher. Von Athen bis zu seiner Hafenstadt Piräus führen die „langen Mauern", ein acht Kilometer langer Schutzwall.

Im Reich der Toten

Wir nahmen Circes Einladung mit Freuden an, sogar Eurylochos hatte Vertrauen zu der Göttin gefasst. Ein ganzes Jahr blieben wir auf der Insel und genossen das angenehme Leben.

Doch als der Frühling kam, regte sich bei meinen Männern der Wunsch nach der Weiterreise. Schon in der folgenden Nacht bat ich Circe, ihr Versprechen einzuhalten und uns zu helfen, in die Heimat zurückzukehren. Die Göttin erwiderte: „Odysseus, Sohn des Laertes, wenn ihr in die Heimat ziehen wollt, werde ich euch nicht zurückhalten. Doch die Prüfungen der Götter sind noch nicht vorüber. Zuerst müsst ihr in die Unterwelt hinabsteigen, zu **Hades**. Du musst den Geist des blinden **Sehers** Teiresias nach der Zukunft befragen. So will es **Persephone**."

Bei diesen Worten brach ich in Tränen aus. Lieber wollte ich auf der Stelle sterben!

„Aber wer wird mir den Weg weisen? Und werde ich jemals aus dem Reich der Toten wiederkehren?"

„Fürchte dich nicht", beruhigte mich Circe. „Lass dich von Boreas, dem Nordwind, zum dunklen Ufer des Flusses **Okeanos** bringen. Dort wirst du dein

Hades und Persephone: Gott und Göttin der Unterwelt.
Seher: Er kennt den Willen der Götter und das Schicksal der Menschen.
Okeanos: Für die Griechen der Antike ist der Ozean ein Fluss, der sich ringförmig um die Erdscheibe schlingt.

Schiff festmachen. Begib dich an Land und gehe durch den Hain von Persephone hindurch, bis du zu der Stelle kommst, wo sich die **Flüsse der Unterwelt** treffen. Und hier – höre mir genau zu – gräbst du eine Grube und bringst drei Trankopfer dar: zuerst Honig, dann süßen Wein und zum Schluss klares Wasser. Danach streust du Mehl in die Grube und gedenkst der Toten. Versprich, dass du ihnen, sobald du wieder in deiner Heimat Ithaka sein wirst, deine beste Kuh als Schlachtopfer darbringen willst und außerdem einen schwarzen Widder als Opfer für den Seher Teiresias. Dann opfere ihnen zwei schwarze Schafe, ein männliches und ein weibliches. Die Köpfe der Tiere werden zum Eingang des Totenreiches zeigen, aber du wirst deinen Blick abwenden. Sofort werden die Schatten der Toten aus der Unterwelt aufsteigen. Lass deine Gefährten die Schafe zu Ehren von Hades und Persephone verbrennen und zu den beiden Göttern beten. Du aber wirst dein Schwert ziehen und die Schatten der Toten so lange daran hindern, vom Blut der Opfertiere zu trinken, bis dir Teiresias erschienen ist. Sogleich wird der Seher kommen und dir den Heimweg weisen, nachdem du ihn befragt hast."

Die Flüsse der Unterwelt: Die wichtigsten Totenflüsse sind der Acheron, der die Grenze zum Totenreich bildet, und der Styx, dessen Wasser unsterblich macht.

Als der Tag anbrach, weckte ich meine Gefährten und gab das Signal zur Abreise. Ihre anfängliche Freude wich schnell der Angst, als sie erfuhren, was unser nächstes Ziel sein sollte. Aber ich ließ mich von ihrem Flehen nicht erweichen, und noch am gleichen Tag fuhren wir los. Circe schenkte uns zum Abschied Opfertiere und guten Wind.

Noch am Abend erreichten wir das Ende der Welt: Ein Ort, an dem die Sonne niemals scheint. Wir fuhren bis zu der Stelle, die Circe uns beschrieben hatte.

Als das Blut der Opfertiere zu fließen begann, stiegen die Schatten der Toten aus der Unterwelt auf. Ihr Stöhnen war schrecklich. Zitternd vor Angst zog ich mein Schwert und verbot ihnen, vom Blut der toten Tiere zu trinken. Unterdessen vollendeten meine Gefährten eilig das **Brandopfer**.

Brandopfer: Hierbei wird das Opfertier verbrannt und auf den Verzehr verzichtet.

Der erste Schatten, den ich erkannte, war Antikleia, meine eigene Mutter, die ich noch lebend in Ithaka zurückgelassen hatte. Ich weinte bei ihrem Anblick, ließ aber mein Schwert nicht sinken, denn ich erwartete Teiresias, den heiligen Seher aus Theben.

Endlich erschien sein Schatten. Er trug einen goldenen Stab in der Hand. Ich steckte mein Schwert in die Scheide zurück und ließ ihn vom Blut der Opfertiere trinken. Dann begann er zu mir zu sprechen: „Edler Sohn des Laertes, listenreicher Odysseus, du wünschst dir die Rückkehr in deine Heimat, doch Poseidon will sie dir nicht gewähren, weil du seinem Sohn Polyphem das Augenlicht genommen hast. So höre: Nur wenn du deine und die Ungeduld deiner Gefährten beherrschen kannst, wirst du Ithaka wiedersehen. Zuerst werdet ihr zur Insel Trinakria reisen, wo ihr auf die Rinder des Sonnengottes Helios stoßen werdet. Berührt sie nicht! Andernfalls wird noch mehr Unglück über euch kommen, und ihr werdet nie die Heimat wiedersehen! Von deinen Freunden verlassen und bedauernswert, wirst du vielleicht der Einzige sein, dem es gelingen wird. Aber selbst in Ithaka werden deine Leiden noch kein Ende haben. Dein Haus wird voll von Männern sein, die dich um dein Hab und Gut betrügen und dir deine Frau nehmen wollen. Und wenn du die Feinde endlich vertrieben haben wirst, musst du dich nochmals aufmachen. Mit deinen Rudern auf den Schultern musst du bis in das Land gehen, wo man das Meer nicht kennt und deine Ruder für **Dreschflegel** halten wird. Dort wirst du Poseidon drei männliche Tiere opfern: einen Eber, einen Widder und einen Stier. Zurück in Ithaka wirst du schließlich zu Ehren aller Olympier hundert Rinder opfern. Erst danach wird dir ein ruhiger Lebensabend und ein glücklicher Tod beschieden sein. So lautet meine Weissagung."

„Jetzt kenne ich mein Schicksal. Aber sage mir, Teiresias, wie kann ich den Geist meiner Mutter zu mir sprechen lassen?"

Dreschflegel: Gerät zur Ernte von Getreide.

„Höre meinen Rat: Lasse Antikleia vom Opferblut trinken. Dann wird sie dich erkennen und mit dir sprechen. Alle anderen Schatten aber werden ins Totenreich zurückkehren."

Dann wandte sich Teiresias um und verschwand in die Unterwelt.

Ich aber ließ meine Mutter von dem Blut trinken. Da erkannte sie mich und beklagte meinen Tod.

„Nein, Mutter, ich bin nicht tot. Ich bin nur gekommen, um Teiresias, den heiligen Seher von Theben, zu befragen. Aber sage mir: Wie bist du gestorben? Ging es schnell oder musstest du lange leiden? Erzähle mir von meinem Vater und von mei-

nem Sohn, den ich in der Heimat zurücklassen musste. Ist er jetzt der Herrscher Ithakas? Und meine Frau? Ist sie mir treu geblieben, oder hat sie sich einen neuen Gemahl unter den vornehmen Griechen gewählt?“

„Sie ist dir treu ergeben und weint Tag und Nacht um dich. Deine Herrschaft hat noch kein anderer an sich gerissen. Aber dein Vater muss auf den Feldern arbeiten, er schläft bei den Dienern oder unter freiem Himmel. Er will nicht wieder in den Palast, denn er ist alt, und deine lange Abwesenheit hat ihn verbittert. Ich selbst bin nicht durch Krankheit, sondern aus Trauer um dich gestorben.“

Wie gerne hätte ich den Geist meiner lieben Mutter bei mir behalten. Drei Mal versuchte ich sie zu umfassen, doch immer wieder entschwand sie mir, ganz wie ein Schatten oder ein Traum.

„Weine nicht, mein Sohn! Du kannst mich nicht halten. Die Toten haben keine feste Gestalt mehr. Der Körper ist verbrannt, nur der Geist ist ewig ... Beeile dich lieber, wieder nach oben ins Licht zu kommen!“

Sie verschwand und ich blieb allein inmitten der Schatten verstorbener Könige und ihrer Gemahlinnen, tapferer Helden und Kriegern zurück.

Da ließ ich die Schatten meiner alten Gefährten zu mir kommen. Zuerst näherte sich Agamemnon, Sohn der Artrea, von dessen Tod ich noch nichts wusste. Agamemnon erzählte mir, dass er während eines Festmahles anlässlich seiner Rückkehr aus Troja getötet worden war. Aigisthos, der Geliebte seiner Frau Klytämnestra, hatte ihn ermordet, und Klytämnestra hatte die schändliche Tat unterstützt. Nach ihrer Schwester **Helena**, die den Tod so vieler Helden verursachte, noch eine Frau, die für den Tod eines tapferen Mannes verantwortlich war!

Helena: Ihre Entführung löste den Trojanischen Krieg aus.

Dann verließ mich Agamemnon, und Achilles kam an meine Seite. Ihm erklärte ich den Grund meines Aufenthalts im Reich der Toten: „Achilles, edler Sohn des Peleus, ich kam, um Teiresias zu befragen. Noch immer irre ich unglücklich auf dem Meer umher und hoffe auf Rückkehr! Du aber musst glücklich sein, von allen Menschen einem Gott gleich verehrt zu werden!“

„Da täuschst du dich, Odysseus. Ich wäre tausendmal lieber ein Diener auf Erden als ein König unter den Toten! Aber lass uns lieber über meinen Vater und meinen Sohn sprechen!“

Von seinem Vater Peleus wusste ich ihm nichts zu berichten. Aber von den ruhmreichen Taten seines Sohnes Neoptolemos, an dessen Seite ich in Troja gekämpft hatte, konnte ich erzählen. Das machte ihn sehr glücklich.

Es waren noch viele Schatten dort unten, mit denen ich gerne gesprochen hätte. Aber plötzlich überkam mich große Furcht, dass die Ungeheuer des Hades auftauchen könnten. So machte ich mich lieber zu meinem Schiff und zu meinen Gefährten auf.

Der Trojanische Krieg **gehört zur sagenhaften Geschichte Griechenlands. Das Heldengedicht um die Zerstörung der Stadt Troja wurde von Homer, dem größten griechischen Dichter, aufgezeichnet. Handlung und Helden sind in ganz Griechenland bekannt.**

Hera

Der Anlass des Krieges
Bei einem Schönheitswettbewerb zwischen Hera, Athene und Aphrodite verlieh der Trojaner Paris Aphrodite den ersten Preis, einen goldenen Apfel. Dafür erhielt er von ihr die Liebe der schönen Helena. Doch da diese bereits mit Menelaos, dem König von Sparta, verheiratet war, entführte Paris, die Geliebte. Die wütenden Griechen zogen aus, um Menelaos zu rächen ...

Die Seite der Trojaner
Auf ihrer Seite steht Apollo. Aphrodite, die natürlich Paris verteidigt, und auch ihr Geliebter, der Kriegsgott Ares, schlagen sich ebenfalls auf die Seite der Trojaner.

Die Seite der Griechen
Hier kämpfen Athene und Hera (beide haben Paris nicht verziehen, sie nicht ausgewählt zu haben), sowie Poseidon und einige weniger wichtige Götter.

Aphrodite

Lanzenspitze

Das Trojanische Pferd

Die trojanischen Helden
König Priamos hat fünfzig Söhne und fünfzig Töchter. Die bekanntesten unter ihnen sind Hektor und Paris, zwei tapfere Kämpfer, die von Achilles getötet wurden. Eine seiner Töchter ist Kassandra. Ihr hatte Apollo die Gabe verliehen, die Zukunft voraussagen zu können, jedoch gleichzeitig verfügt, dass niemand ihren Worten Glauben schenkte.

Die griechischen Helden
An Menelaos' Seite steht sein Bruder Agamemnon. Der größte aller Helden war jedoch **Achilles**, der von seiner Mutter Thetis in die Fluten des Styx getaucht worden war, um ihn unverwundbar zu machen. Nur an der Ferse, an der sie ihn festgehalten hatte, konnte er verletzt werden. Dort traf ihn Paris' tödlicher Pfeil.

Zweikampf zwischen Achilles und Memnon

Wiedersehen zwischen Helena und Menelaos

Die Eroberung von Troja

„AGAMEMNON ERZÄHLTE MIR, DASS ER WÄHREND EINES FESTMAHLS ANLÄSSLICH SEINER RÜCKKEHR AUS TROJA GETÖTET WORDEN WAR."

Letzte Prüfungen

Nach einer raschen Überfahrt erreichten wir wieder die Insel Aiaia, die Heimat der Circe. Um unseren Kummer zu lindern, ließ sie uns ein großes Festmahl bereiten. Als der Abend kam, und wir allein waren, gab sie mir letzte Ratschläge für die Reise.

„Zuerst wirst du den Sirenen begegnen, die mit ihren wunderbaren Stimmen die Menschen betören. Doch denke daran: Wer ihnen zuhört, wird nie wieder nach Hause zurückkehren. So ist ihre Insel voll von den Gebeinen derer, die ihren Stimmen nicht widerstehen konnten. Du musst an dieser Insel vorbeifahren und deine Männer daran hindern, den Stimmen der Jungfrauen zu lauschen. Verstopfe deshalb ihre Ohren mit Wachs. Nur du selbst sollst ihre Stimmen hören. Aber lasse dich vorher von deinen Gefährten fest an den Mast deines Schiffes binden. Danach führt dich dein Weg zwischen zwei Klippen hindurch. Die eine ist hoch und fällt steil ab. In ihrer Mitte liegt die Höhle der Skylla. Sie ist ein schreckliches Ungeheuer mit zwölf Füßen und sechs schlangenartigen Hälsen. Auf jedem Hals sitzt ein scheußlicher Kopf mit drei Reihen spitzer Zähne. Ihren Körper hält Skylla in der Felsenhöhle verborgen, aber ihre Köpfe schnappen sich alles, was sich ihnen bietet: Delfine, Seehunde oder jedes andere große Meerestier. Kein Schiff ist je unbeschadet an ihr vorbeigekommen! Mit ihren sechs Mäulern verspeist sie sechs Matrosen gleichzeitig. Doch du musst trotzdem an dieser Stelle vorbeifahren, denn von der anderen Klippe droht dir eine noch größere Gefahr. Der Felsen ist etwas niedriger, und auf seiner Spitze thront ein herrlicher Feigenbaum. Darunter lebt die göttliche Charybdis, ein gewaltiger Wasserstrudel. Hüte dich in ihre Fänge zu geraten, denn sonst verschlingt sie dein Schiff mit allem, was darauf ist. Besser sechs Männer verlieren, als das ganze Schiff aufzugeben!"

„Kann ich denn nicht gegen Skylla kämpfen?", fragte ich Circe.

„Unglücklicher, für wen hältst du dich? Du willst mit einer Unsterblichen kämpfen? Nein, gegen dieses schreckliche Wesen kannst du nichts ausrichten. Flucht ist die einzige Möglichkeit, ihr zu entkommen. Danach wirst du mit deinen Kameraden die Insel Trinakria erreichen, auf der die heiligen Viehherden des Sonnengottes Helios weiden. Ihr dürft sie auf keinen Fall berühren! Sonst werdet ihr eure Heimat Ithaka niemals wiedersehen! Und sollte es dir dennoch nach vielen Jahren gelingen, so wirst du von deinen Freunden verlassen und bedauernswert sein."

Als die Sonne aufging, verließ mich Circe, und ich weckte meine Kameraden. Wohl versorgt und von einer sanften Brise getrieben, segelten wir los. Ich warnte meine Männer vor der ersten Prüfung, die auf uns wartete, und freiwillig ließen sie sich die Ohren mit Wachs verstopfen. Dann wies ich sie an, mich am Mast festzubinden.

Es war höchste Zeit! Schon hörte ich die betörenden Stimmen der Sirenen nach mir rufen: „Komm, Odysseus, komm zu uns! Wir wissen, welche Heldentaten du vollbracht und wie sehr du gelitten hast ... Komm, und wir singen für dich!“

Ihre Stimmen waren so verführerisch, dass ich versuchte, meine Fesseln zu lösen. Doch das hatten meine Gefährten vorausgesehen, und je mehr ich an den Stricken zog, desto fester hielten sie mich. Erst nachdem wir die Insel der Sirenen schon lange hinter uns gelassen hatten, wagten sie es, das

Wachs aus ihren Ohren zu entfernen und mir die Fesseln abzunehmen.

Kurze Zeit später vernahmen wir ein gewaltiges Brausen und sahen eine mächtige Brandung an einen Felsen schlagen. Vor Schreck ließen meine Männer die Ruder fallen. Ich sprach ihnen Mut zu und erinnerte sie an all die Gefahren, durch die ich sie schon erfolgreich geleitet hatte. Dann wandte ich mich an den Steuermann und erklärte ihm den Kurs. Er sollte direkt auf den höheren Felsen zuhalten, damit Charybdis uns nicht verschlingen konnte. Meine Männer wies ich an, sich mit aller Kraft in die Riemen zu legen. Davon, dass uns außerdem das schreckliche Ungeheuer Skylla bedrohte, erzählte ich ihnen wohlweislich nichts.

Trotz Circes Warnung zog ich meine Rüstung an und griff nach meinen Waffen. Ich Dummkopf! Denn sosehr ich mich auch anstrengte, ich konnte die Ungeheuer nicht sehen. In diesem Moment schoss Charybdis hervor und sog das schwarze Meerwasser in ihren Schlund, sodass der ganze Felsen erbebte. Meine Männer blickten noch angstvoll in diese Richtung, als Skylla plötzlich nach sechs von ihnen griff. Sie wehrten sich verzweifelt und flehten mich an, ihnen zu helfen. Aber was sollte ich, mit meinen armseligen Waffen, schon ausrichten? Das Ungeheuer verschlang die Gefährten noch am Eingang seiner Höhle. Etwas Schrecklicheres hatten wir wohl noch nie gesehen!

Nachdem wir durch die beiden Felsen hindurchgefahren waren, gelangten wir rasch zur Insel des Sonnengottes. Ich hörte das Brüllen der Rinder und das Blöken der Schafe und wollte an der Insel vorbeisegeln. Meine erschöpften Gefährten, allen voran Eurylochos, verlangten jedoch nach einer Rast. Ich konnte sie ihnen nicht verwehren, warnte sie aber vor der schrecklichen Gefahr, die diese Insel für uns bedeutete: „Schwört mir, dass ihr die Rinder des Sonnengottes nicht anrühren und euch mit den Vorräten, die uns Circe mitgegeben hat, begnügen werdet!"

Das taten sie, und wir gingen vor Anker. In dieser Nacht entfachte Zeus einen furchtbaren Sturm. Wir mussten unser Schiff zu einer geschützten Bucht bringen und für uns einen sicheren Unterschlupf an Land suchen. Einen ganzen Monat mussten wir auf der Insel bleiben, weil ein beständiger Südwind blies. Solange wir noch von unseren Vorräten zehren konnten, war alles in Ordnung. Doch als meine Männer begannen, Hunger zu leiden, mussten sie Fische fangen, um wenigstens etwas zu essen zu haben. Ich selbst stieg auf eine Anhöhe, wusch mir die Hände und richtete ein flehendes Gebet an die Götter. Doch sie schickten mir einen tiefen Schlaf.

Während dieser Zeit versammelte Eurylochos meine Männer um sich und sprach: „Wenn wir schon sterben müssen, dann mit gut gefülltem Magen! Lasst uns diese herrlichen Tiere den Göttern opfern! Dem Sonnengott aber wollen wir einen prächtigen Tempel bauen, wenn wir wieder in Ithaka sind, und ihm dort reiche Opfer bringen."

Alle stimmten seinen Worten zu, und so trieben sie die prächtigsten Tiere zusammen. Sie schmückten die Hörner mit Eichenblättern (denn Gerste gab es hier nicht), riefen die

Götter an und schlachteten die Rinder. Da sie keinen Wein mehr hatten, brachten sie als Trankopfer Wasser dar und verbrannten die in Fett eingewickelten Lenden der Tiere. Das restliche Fleisch steckten sie auf Spieße, um es zu grillen. In diesem Moment erwachte ich. Als ich mich dem Schiff näherte, wehte mir schon der Duft des gegrillten Fleisches entgegen. Mein Herz wollte vor Kummer bersten. Ich brach in Tränen aus und flehte die Götter um Hilfe an.

Es war bereits zu spät! Der Sonnengott hatte sich schon zu Zeus aufgemacht, um bittere Rache für dieses Verbrechen zu fordern. Er drohte, der Erde nicht mehr zu leuchten, wenn die Übeltäter nicht hart bestraft würden. Zeus sagte ihm zu, er würde mein Schiff zerschmettern und alle meine Männer ver-

nichten. So hat es mir die schöne Nymphe Kalypso später berichtet, die es von dem Götterboten Hermes selbst erfahren hatte.

Die Götter führten uns unsere Schandtat bereits vor Augen: Die zerteilten Fleischstücke brüllten so jämmerlich, als wären sie noch am Leben, und ihre Häute krochen auf der Wiese umher.

Meine Männer störte das aber nicht im Geringsten. Sie genossen sechs ganze Tage den Überfluss. Am siebten Tag besänftigte Zeus die Winde und das Meer, und wir segelten eilig davon. Doch die ruhige Fahrt währte nur kurz.

Der Himmel verdunkelte sich und der entfesselte Zephyros, der Westwind, stürzte sich auf uns. Die Taue des Mastbaums

rissen. Der Mast stürzte krachend auf das Deck. Dabei erschlug er den Steuermann und riss ihn in die Fluten. Doch damit nicht genug: Zeus sendete einen Blitz auf unser Schiff, und ein krachender Donner ließ es zerbersten. Meine Gefährten stürzten ins Meer und wurden schon bald von den Wellen verschlungen.

Ich blieb allein zurück und schaffte es gerade noch, mich an einem nach oben schwimmenden Balken des zerstörten Schiffes festzuklammern. Mit einem Lederriemen band ich den umhertreibenden Mast daran fest. Mitten im tosenden Meer war ich auf meinem kleinen Floß dem Sturm auf Gedeih und Verderb ausgeliefert.

Schließlich legte sich der Westwind, und der Südwind begann zu blasen. Er trieb mich zurück in die Richtung von Charybdis! Bei Sonnenaufgang erkannte ich die beiden Felsen. Charybdis sog das Wasser mitsamt meinem Floß ein. Mir gelang es erst im letzten Moment, mich hoch in einen Feigenbaum zu schwingen. Ich hing kopfüber in den Zweigen, ganz wie eine schlafende Fledermaus, und wartete, dass Charybdis mein Floß wieder ausspuckte. Endlich, der Abend war schon angebrochen, tauchte es wieder unter mir auf. Ich ließ mich in die Fluten fallen, kletterte auf mein Floß und begann, mit den Händen zu rudern. Hätte Zeus nicht die Augen der Skylla getrübt, ich wäre verloren gewesen.

So trieb ich neun Tage lang auf dem Meer. Am zehnten spülten mich die Wellen auf die schöne Insel Ogygia. Die freundliche Nymphe Kalypso nahm mich auf und pflegte mich. Sie wollte mich sogar zu ihrem Gemahl machen und mir Unsterblichkeit schenken. Doch ich konnte Ithaka und meine geliebte Frau Penelope nicht vergessen und sehnte mich zurück in die Heimat.

Sieben Jahre verbrachte ich bei Kalypso. Erst im achten Jahr erhörte sie meinen Wunsch, half mir, ein stabiles Floß zu bauen, und gab mir Vorräte und einen guten Wind mit auf den Weg.

Lange Zeit trieb ich auf dem Meer, bis Poseidon mich entdeckte und mir ein schreckliches Unwetter schickte. Mein Floß wurde zerstört. Nur mit göttlicher Hilfe gelang es mir, eure Insel zu erreichen. Eure edle Tochter Nausikaa fand mich, hatte Mitleid mit mir und brachte mich zu euch in diesen Palast.

Der Schluss der Geschichte ist euch Phäaken wohl bekannt: Ihr verspracht mir, mich nach Ithaka zurückzubegleiten.

<u>Der Tod</u> ist nicht das Ende. Der Geist lebt in der Unterwelt, im Reich des Hades, weiter. Das Bestattungsritual bildet den Übergang vom Leben ins Totenreich.

Die Bestattung
Der Tote wird gewaschen, gesalbt und mit Kränzen geschmückt. Dann wird er entweder bestattet oder auf einem Scheiterhaufen verbrannt. Die Bestattung wird von Opfern begleitet.

Die Bestattung des Patroklos
Achilles verbrannte den Leichnam seines Freundes gemeinsam mit trojanischen Gefangenen.

Die Unterwelt
Ihr Eingang wird von Zerberos, einem dreiköpfigen Hund, bewacht. Um ins Totenreich zu gelangen, müssen die Toten auf der Barke des Charon den Fluss Acheron überqueren. Der Fährmann verlangt für seinen Dienst einen Lohn, weshalb man den Toten bei der Bestattung immer eine Münze in den Mund legt.

Das Begräbnis des Patroklos

Sisyphos rollt seinen Felsen

Bestraft bis in alle Ewigkeit
Ein Teil der Unterwelt ist den Verbrechern vorbehalten. Sisyphos hat sich Zeus widersetzt und ist dazu verurteilt, einen riesigen Stein einen Berg hinaufzuwälzen. Jedes Mal, wenn er oben ankommt, rollte der Felsen wieder ins Tal, und er muss von vorne beginnen.

Charon in seiner Barke

Atreusgrab in Mykene

„Unglücklicher, für wen hältst du dich? Du willst mit einer Unsterblichen kämpfen?“

Die Gräber
Die Größe der Grabstätten ist unterschiedlich. Sie reicht von einem einfachen Grab bis zu einem Mausoleum, wie dem großen Grabmal des mykenischen Königs Atreus, das eine unterirdische Schatzkammer aufweist. Alle Grabstätten sind mit einer Grabstele (ein aufrecht stehender Stein mit einer Inschrift) oder mit einer Lekythos (eine schmale Flasche mit Salböl, die mit Abschiedsszenen bemalt ist) gekennzeichnet.

Im Inneren der Gräber
Die Gräber sind mit mehr oder minder wertvollen Gegenständen ausgestattet, die den Toten das Leben im Jenseits angenehm machen sollen: Vasen, Schmuck, Kinderspielzeug oder Waffen.

Rückkehr nach Ithaka

Lange Zeit ist es still im Saal.

Die Phäaken sind wie erstarrt. Schließlich beginnt Alkinoos zu sprechen: „Odysseus, Sohn des Laertes, ich versichere dir, dass deine Irrfahrten jetzt ein Ende haben werden. Das Schiff, das dich nach Hause bringen soll, steht bereit, und fünfzig meiner besten Ruderer werden dich begleiten. Hört, Phäaken, morgen werden wir unseren edlen Gast zum Hafen führen. Seine Geschenke liegen bereits wohl verschlossen in einer Truhe. Aber wir sollten noch etwas hinzufügen: Ein jeder von uns bringe einen **Dreifuß** und eine **Karaffe**. Und jetzt lasst uns ein letztes Trankopfer darbringen und uns dann zur Ruhe begeben!"

Am folgenden Abend ist endlich der Moment der Abfahrt gekommen. Die großzügigen Geschenke der Phäaken werden unter den Ruderbänken verstaut, Odysseus selbst legt sich im Heck des Schiffes auf einer Decke zum Schlafen nieder.

Das Schiff fliegt pfeilschnell über das Meer, während Odysseus so tief schläft wie ein Toter. Als der **Morgenstern** am Himmel steht, erreicht das Schiff

Dreifuß: Gefäß oder dreibeiniges Gestell zum Halten eines Gefäßes.

Karaffe: Gefäß mit Henkel, das üblicherweise zum Ausschenken des Wassers bei der religiösen Waschung verwendet wird.

Morgenstern: Der Planet Venus geht als Morgenstern vor der Sonne im Osten auf.

Ithaka. Die Männer bringen den schlafenden Odysseus ans Ufer und legen seine Geschenke nicht weit von ihm unter einen Olivenbaum. Dann brechen sie auf, um nach Hause zurückzukehren.

Doch sie haben nicht mit dem Zorn Poseidons gerechnet! Außer sich vor Wut verwandelt er das Schiff der Phäaken, kurz bevor es die Heimat erreicht, in einen Felsen. Das ist seine letzte Rache, und nie wieder werden die Phäaken einem Schiffbrüchigen Geleit gewähren!

Als er die Augen aufschlägt, blickt Odysseus in die vertraute Landschaft Ithakas, die er so lange vermisst hat. Athene erscheint ihm in Gestalt eines jungen Schafhirten und gibt sich ihrem Schützling zu erkennen. Zusammen überlegen die Göttin und Odysseus, wo sie seine wertvollen Geschenke verbergen können. Nicht weit vom Ufer entfernt liegt eine versteckte Höhle der Nymphen, wohin sie die Schätze schließlich tragen. Die Göttin verschließt die Höhle mit einem großen Stein, und dann lassen sie sich gemeinsam unter dem Olivenbaum nieder.

„Odysseus, Sohn des Laertes, überlege gut, wie du die Verbrecher strafen willst, die nun schon seit drei Jahren deine arme Frau Penelope bedrängen, einen von ihnen zu heiraten. Sie ist standhaft geblieben, trotz aller Geschenke!“, erklärt die Göttin. „Die Freier feiern Tag für Tag: Sie schlachten dein Vieh, trinken deinen Wein und plündern die Früchte deiner Felder. Einige haben sogar den hinterhältigen Plan, deinen Sohn Telemachos zu töten! Aber sei beruhigt. Ich habe ihm eingeflüstert, er solle sich bei den anderen griechischen Königen nach deinem Schicksal erkundigen. Gerade weilt er in Sparta, an der Seite des edlen Menelaos."

„Göttliche Athene, wenn du mich nicht gewarnt hättest, dann würde es mir jetzt wohl genauso wie dem armen Agamemnon ergehen, und ich wäre gleich bei meiner Heimkehr ermordet worden! Verleihe mir die Kraft, die du mir schon in Troja geschenkt hast. Mit dir an meiner Seite werde ich die Freier besiegen!"

„Gewiss werde ich an deiner Seite stehen, aber zuerst werde ich dir eine andere Gestalt geben. Ich werde dich altern lassen und in Lumpen hüllen. Dein Anblick soll jeden erschrecken, der dich sieht. Dann wirst du zu Eumaios, dem Schweinehirten, gehen, der dir noch immer treu ergeben ist."

Nach diesen Worten rötet die Göttin Odysseus' Augen und lässt seine glatte Haut runzeln. Sie bedeckt seinen Leib mit einer armseligen Tunika, wirft ihm ein fleckiges Hirschfell über, gibt ihm einen Stock und einen löchrigen Sack in die Hand. Dann verschwindet Athene. Sie wendet sich nach Sparta, um Telemachos zur Heimkehr zu bewegen.

Odysseus aber macht sich auf den Weg zu Eumaios. Er findet ihn inmitten seiner zwölf Schweineställe, in denen jeweils fünfzig Schweine mit ihren Ferkeln leben. Es vergeht nicht ein Tag, an dem nicht einer der Freier zu ihm kommt, um ein Schwein als

Opfertier zu verlangen. Eumaios lebt allein, seine einzigen Gefährten sind vier Hunde. Als Odysseus sich nähert, bellen sie drohend, doch der alte Hirte ermahnt sie und sagt freundlich: „Tritt ein, Fremder, nimm Platz, und ruhe dich aus. Fremde und Bettler sind von Zeus gesandt und sollen mit Ehre empfangen werden."

„Mögen die Götter dir wohl gesonnen sein! Ich danke dir für deinen freundlichen Empfang!"

Eumaios verlässt seine Hütte, um zwei Ferkel zu holen, die er zu Ehren seines Gastes opfern will. Er schlachtet, teilt und grillt die Tiere und bietet sie dann seinem Gast an. Außerdem stellt er einen Krater vor Odysseus, in dem er süßen Wein mit Wasser gemischt hat. Dann setzt er sich seinem Gast gegenüber. Während sie speisen, berichtet er von den schlimmen Zuständen auf Ithaka, über die Odysseus dank Athene schon unterrichtet ist.

„Anstatt nach Hause zurückzukehren und sich um ihre Angelegenheiten zu kümmern, sitzen die Kerle hier fest und **verprassen** die Güter meines Herren", erzählt Eumaios. „Und sein Besitz ist groß! Zwölf Rinderherden, genauso viele Schweine, Schafe und Ziegen! Nicht zu vergessen den Wein, den sie trinken!"

Verprassen: etwas zum Vergnügen unnötig verschwenden.

„Wer ist denn dein mit solchem Reichtum gesegneter Herr?", fragt Odysseus. „Vielleicht habe ich auf meinen Reisen schon von ihm gehört und kann dir Neues von ihm berichten."

„Wehe dir, wenn du dir nur eine Belohnung für falsche Nachrichten erschleichen willst! Du würdest meiner Herrin Penelope nur falsche Hoffnungen machen und ihren Schmerz noch vergrößern! Mein Herr ist Odysseus, der Sohn des Laertes. Sein Körper ist bestimmt längst von wilden Tieren zerrissen oder von den Ungeheuern des Meeres verschlungen worden. Seine Gebeine werden längst an einem unbekannten Ort begraben sein ..."

„Odysseus sagst du? Wenn du den Helden von Troja meinst, so wird er zurückkehren. Das schwöre ich dir! Ich selbst habe das Schiff gesehen, das ihn hierher zurückbringen soll. Ich war gerade auf dem Rückweg von meinen Reisen nach Kreta und Ägypten, als ich an die Küste der **Thesproten** gelangte. Der König selbst hat mir berichtet, Odysseus sei zum **Orakel von Dodona** gereist, um Zeus zu befragen. Aber noch bevor ich ihn selbst sehen konnte, bin ich weitergezogen. Um dir meine Ehrlichkeit zu beweisen, will ich kein Geschenk von dir empfangen, bis sich meine Worte als wahr erwiesen haben!"

Thesproten: Volk aus dem Nordwesten Griechenlands.
Orakel von Dodona: Eine Priesterin sagt die Zukunft aus dem Rauschen der heiligen Eichen vorher.

Eumaios ist bewegt, wie gerne würde er dem Bettler glauben!

Als die anderen Schweinehirten mit ihren Tieren heimkehren, opfert er dem Gast zu Ehren ein prächtiges Schwein. Nach einem Festessen legen sich die Männer zur Ruhe, und Eumaios bietet Odysseus einen guten Schlafplatz nahe beim Feuer an.

Unterdessen begleitet Athene Telemachos auf seiner Rückreise nach Ithaka.

Der Sohn des Odysseus kehrt aus Sparta zurück, der Stadt des Menelaos und dessen schöner Frau Helena. An Bord seines Schiffes hat er wertvolle Geschenke: Gold, Silber und feine

Ägypten und Sidon: Menelaos machte nach seinem Sieg in Troja eine lange Reise zu den Ländern im südöstlichen Mittelmeer. Dann segelte er zurück nach Sparta.

Stoffe, die Menelaos selbst von den Königen **Ägyptens und Sidons** zum Geschenk erhalten hatte.

Doch das Wichtigste, das Telemachos von seiner Reise mitbringt, ist der feste Glaube an die Rückkehr seines Vaters. Menelaos hat ihm versichert, dass der edle Odysseus am Leben ist und bald wieder nach Hause kommen wird!

Als die Sonne aufgeht, erreichen sie Ithaka. Telemachos lässt seine Gefährten vorausgehen. Er selbst zieht es vor, einen Umweg über die Felder zu nehmen. Sein Weg führt ihn zur Hütte des Eumaios.

Als dieser ihn sieht, kann er seine Tränen nicht zurückhalten und hält ihn lange in seinen Armen. Odysseus steht daneben und kann seine Gefühle kaum verbergen, hat er doch seinen Sohn wiedererkannt!

Doch weil er immer noch die Gestalt eines Bettlers hat, erhebt er sich und bietet dem neuen Gast seinen Platz an. Aber Telemachos lehnt ab: „Bleibe ruhig sitzen, alter Mann, ich suche mir einen anderen Platz. Eumaios, der Fremde scheint Hilfe zu brauchen. Sobald ich in den Palast zurückgekehrt sein werde, lasse ich ihm eine Tunika und einen Mantel schicken, damit er sich anständig kleiden kann. Was hat sich seit meiner Abfahrt ereignet? Werde ich meine Mutter noch immer im Palast vorfinden, oder hat sie sich einen neuen Gemahl genommen?“

„Deine Mutter, mein Sohn, trauert noch immer, und so sind auch die Freier noch nicht verschwunden.“

„Ach, hätte ich doch die Kraft, sie zu vertreiben! Aber ich bin

noch zu jung und zu schwach!“, klagt Telemachos. „Aber genug davon, ich werde später sehen, wie ich heimlich in den Palast komme.“

Während des Essens reiht Odysseus Lüge an Lüge, denn er will sein Geheimnis noch nicht preisgeben und wartet darauf, dass Eumaios für einen Moment die Hütte verlässt.

Dann, auf ein Zeichen Athenes hin, das nur er allein sehen kann, enthüllt er Telemachos, wer er wirklich ist. Im selben Moment gibt ihm die Göttin seine wahre Gestalt zurück. Überwältigt von seiner gottgleichen Erscheinung stürzt sich der Jüngling in die Arme seines Vaters, und sie halten sich lange Zeit umfangen. Ihre Freudentränen können sie kaum zurückhalten.

Kurz darauf schickt Telemachos den treuen Hirten Eumaios zu seiner Mutter Penelope, um ihr seine sichere Rückkehr zu verkünden. Die frohe Nachricht von der Rückkehr seines Vaters behält er zunächst für sich. Als sie wieder allein sind, beraten sich Vater und Sohn.

„Jetzt können wir gemeinsam gegen die unverschämten Freier kämpfen und ihre Gottlosigkeit strafen!“

„Vater, ich weiß, du bist ein tapferer Krieger, doch wir haben es nicht nur mit zehn oder zwanzig Freiern zu tun! Sie kommen von allen benachbarten Inseln: aus Dulichion, Same, Zakynthos, ja aus Ithaka selbst! Mehr als hundert sind es, von vornehmer Geburt und erfahren im Kampf!“, wendet Telemachos ein.

„Wir haben Zeus und Athene an unserer Seite, genügt dir das

nicht? Sorge dich nicht, mein Sohn, und gehe in den Palast. Eumaios wird mich später dorthin begleiten, in meiner Gestalt als Bettler. Was auch immer die Fremden tun werden, wenn sie mich sehen, ertrage es mit Gleichmut. Doch sei wachsam: Wenn ich dir ein Zeichen gebe, entferne alle Waffen, die du finden kannst, aus dem Thronsaal. Nur zwei Schwerter, zwei Speere und zwei Schilde bewahre für uns auf. Und vor allem: zu niemandem ein Wort über meine Rückkehr!"

Die Welt der Griechen

beschränkt sich nicht nur auf ihr eigenes Siedlungsgebiet. Seit der mykenischen Epoche (15. Jh. v. Chr.) befahren die Griechen die Meere, um Handel zu treiben und Kolonien zu gründen.

Rund um das Ägäische Meer

Schon im mykenischen Zeitalter erstreckt sich Griechenland über die Grenzen der Ägäis hinaus. Bedeutende Städte findet man auf **Kreta, Rhodos** und an der **ionischen Küste**. Auch die „Schatzkammern" der Gräber enthalten oft wertvolle Objekte aus entfernten Gebieten.

Die Welt des Odysseus

Odysseus sind die Ägäis (**Troja** liegt in Ionien), **Kreta** und **Phönizien** wohlbekannt. Den **Ägyptern** schreibt er magische Kräfte zu, auch von den dunkelhäutigen Äthiopiern hat er sicherlich schon gehört. Sie sind für ihn sagenhafte Wesen, die mit den Göttern an einem Tisch speisen.

Das unbekannte Land

Im Westen liegt ein den Griechen wenig bekanntes Gebiet. Sie vermuten dort den Ringfluss Okeanos, der die Grenze der Welt bildet.

Die Kolonisation

Vom 8. bis zum 6. Jh. v. Chr. nimmt die Bevölkerungsdichte in Griechenland stark zu. Deshalb gründen die Stadtstaaten neue Kolonien an der **ionischen Küste,** in **Sizilien** und in **Süditalien** (Groß-Griechenland), rund um das Schwarze Meer, in **Gallien** und in Afrika.

Griechische Münze (Fundstück aus Marseille)

Tempel der Athene in Paestum (nahe Neapel)

„ODYSSEUS, ICH VERSICHERE DIR, DASS DEINE IRRFAHRTEN JETZT EIN ENDE HABEN WERDEN.“

Die neuen Städte
Die Kolonien übernehmen Politik, Ackerbau und religiöse Riten vom griechischen Mutterland. Ihre Bewohner nehmen auch an den Panhellenischen Spielen teil. Viele berühmte Griechen stammen aus den Kolonien, wie beispielsweise Archimedes (aus Syrakus in Sizilien) oder Thales (aus Milet in Ionien).

Die Akropolis in Athen

Das Löwentor von Mykene

Amphitheater in Ephesos

Ptolemäus-Statue in Alexandria

Im Palast

Bei Eumaios Rückkehr hat Odysseus wieder die Gestalt des alten Bettlers angenommen.

Der Schweinehirt berichtet Telemachos, was er erfahren hat. Er hat mit seiner Mutter, der weisen Penelope, gesprochen und sie von seiner Ankunft unterrichtet. Außerdem hat Eumaios im Hafen ein Schiff gesehen. Das muss das Schiff der Freier sein, die Telemachos auflauern wollen!

Telemachos lächelt seinem Vater viel sagend zu. Bevor er zum Palast aufbricht, trägt er Eumaios auf, den Bettler in die Stadt zu führen, damit dieser sich dort ein **Almosen** erbetteln kann.

„Wenn ich meine alten Knochen am Feuer gewärmt habe, werde ich tun, was du mich geheißen hast", antwortet Odysseus.

Almosen: kleine Gabe (z. B. etwas Brot oder Geld).

Telemachos schnürt seine Sandalen, greift nach seinem Speer und geht leichten Schrittes von dannen, um seine Mutter wiederzusehen.

Währenddessen stehen die Freier tobend am Hafen. Telemachos ist ihrem Hinterhalt entkommen, obwohl sie ihm seit Tagen aufgelauert haben!

„Nur mit göttlicher Hilfe konnte er unversehrt die Heimat erreichen! Wenn wir jetzt nicht aufpassen, wird er uns womöglich aus Ithaka vertreiben!“

Doch es bleibt ihnen nichts anderes übrig, als zurückzukehren und ihr Gelage fortzusetzen.

Inzwischen hat Telemachos sicher den Palast erreicht. Seine alte Amme Eurykleia sieht ihn als Erste und schließt ihn weinend in die Arme. Auch die anderen Diener umringen ihn und küssen ihm Kopf und Schultern. Da kommt Penelope aus ihrem Gemach, strahlend schön wie eine Göttin. Nach einer zärtlichen Begrüßung erzählt ihr Telemachos von seinen Reisen und vor allem von der **Prophezeiung** des Menelaos.

Prophezeiung: Vorhersage der Zukunft.
Kunde: Nachricht, Botschaft.

„Geliebte Mutter, es ist mir nicht nur gelungen, den feigen Plan der Freier zu vereiteln, sondern ich bringe dir auch die frohe **Kunde**, dass dein geliebter Gemahl – mein verehrter Vater – schon bald zu uns zurückkehren wird! Dann werden diese Gottlosen unsere Rache spüren!“

„Mögen deine Worte bei Zeus und den anderen Göttern Gehör finden, geliebter Sohn!“

Odysseus hat sich bereits mit Eumaios auf den Weg gemacht. Nahe beim Palast bemerkt er einen Hund, der dicht bei einem Misthaufen liegt. Dieser hebt den Kopf und stellt die Ohren auf. Es ist Argos, der Hund, den er aufgezogen hat, bevor er nach Troja aufbrach.

Früher ging Argos mit den Männern zur Jagd, doch jetzt ist er alt, wird von Zecken geplagt und keiner kümmert sich mehr um

ihn. Als Odysseus näher kommt, wedelt er mit dem Schwanz, zu mehr reicht seine Kraft nicht aus. Odysseus wendet sich ab, um seine Tränen vor Eumaios zu verbergen. Als sein Blick wieder auf Argos fällt, liegt dieser leblos am Boden. Der treue Hund hatte zwanzig Jahre auf seinen Herren gewartet, um sterben zu können.

Die beiden Männer trennen sich bei den Toren des Palastes. Eumaios setzt sich zu Telemachos an den Tisch, Odysseus aber lässt sich am Eingang auf dem Boden nieder. Sein Sohn sieht ihn sofort und lässt ihm durch einen **Herold** einen Laib Brot und ein großes Stück Fleisch bringen. Er erlaubt ihm, die Freier um Almosen zu bitten. Odysseus dankt ihm und isst, während der Sänger mit seinem Vortrag beginnt.

Herold: Überbringer wichtiger Nachrichten (vor allem im Kriegsfall), oft aus einer noblen Familie stammend.

Dann erhebt sich Odysseus, nähert sich den Gästen und streckt bittend die Hand aus. Der Ziegenhirt Melanthios erzählt den Anwesenden, er habe den Bettler schon mit dem Schweinehirten gesehen. Das genügt Antinoos, einem der unverschämtesten Freier, einen Streit mit Eumaios anzufangen. Er wirft ihm

Schmarotzer: jemand, der auf Kosten anderer lebt.

vor, einen **Schmarotzer** in den Palast geführt zu haben. Telemachos nimmt den Schweinehirten in Schutz, während Odysseus weiter durch den großen Saal geht und die Gaben einsammelt, die ihm von den Gästen gereicht werden. Als er schließlich bei Antinoos ankommt, ist dieser so aufgebracht, dass er wütend nach einem Schemel greift und ihn dem Bettler an die Schulter schleudert.

Odysseus steht ruhig wie ein Fels, doch die anderen Freier erheben sich empört: „Wie roh du bist, Antinoos! Und wenn dieser alte Bettler nun ein Gott ist, der verkleidet auf die Erde kam, um die Barmherzigkeit der Sterblichen zu prüfen? Wie stehst du dann da?“

Antinoos lässt sich von den Vorwürfen der anderen nicht beeindrucken. Er fühlt sich im Recht.

Telemachos ist ruhig sitzen geblieben, doch ihn schmerzt der Angriff auf seinen Vater, und sein Herz wird von dem Wunsch nach Rache erfüllt.

Auch die weise Penelope erfährt von dem Geschehen. Sie lässt Eumaios zu sich kommen und bittet ihn, den Fremden zu ihr zu führen. Der Unbekannte würde sie vielleicht von ihren Grübeleien ablenken. Womöglich hatte er sogar etwas von ihrem Mann Odysseus gehört! Die Königin gibt sich süßen Träumen von der Rückkehr ihres geliebten Mannes hin, denkt aber auch an die Gefahr, die ihm dann von den Freiern droht ...

In diesem Moment muss Telemachos so kräftig **niesen**, dass das Geräusch im ganzen Palast widerhallt. Penelope bricht in ein glückliches Lachen aus, denn das ist ein gutes Omen: „Beeile dich, Eumaios, jetzt bin ich sicher,

Niesen: ein Zeichen der Götter, dass ein ausgesprochener Wunsch erfüllt wird.

dass all diese frechen Kerle endlich ihre gerechte Strafe erhalten werden!“

Doch sie muss sich noch etwas gedulden, denn Odysseus weigert sich, den Thronsaal zu durchqueren – aus Angst vor den Freiern, wie er sagt. Er wird die Königin bei Sonnenuntergang treffen.

Der Abend ist angebrochen. Die Freier sind der Tänze und Gesänge, der Speisen und Getränke endlich müde geworden und ziehen sich zurück. Im Palast kehrt Ruhe ein.

Jetzt ist der Augenblick gekommen: Ohne dass es jemand bemerkt, entfernen Odysseus und Telemachos die Waffen der Freier aus dem Thronsaal und verstecken sie in einer entlegenen Kammer.

Dann wartet Odysseus auf Penelope. Sie tritt aus ihrem Zimmer und nimmt in einem Sessel neben dem Feuer Platz. Von einer Dienerin lässt sie auch für Odysseus einen reich geschmückten Sessel bringen und beginnt, ihm Fragen über sein Schicksal zu stellen.

Doch Odysseus vermag nicht zu antworten. Von zu viel Leid hat er zu berichten. Die weise Penelope aber spricht zu ihm: „Auch ich habe alles verloren! An dem Tag, als Odysseus nach Troja aufbrach, nahm er das Glück und die Freude mit sich. Ach, wenn er nur heimkehrte! Heute lebe ich im Elend, belagert von Männern, die mich zur Frau wünschen, ganz gegen meinen Willen. Um mich zu wehren, habe ich eine List erdacht, die mir wohl ein Gott eingeflüstert hat. Ich begann, ein großes Tuch zu weben, und verkündete den Freiern, dass ich nicht

heiraten werde, bevor es fertig sei. Es sollte ein **Leichentuch** für Laertes, den Vater meines Gemahls, werden. Die Freier widersprachen nicht. Jeden Tag setzte ich mich an den Webstuhl, doch jede Nacht löste ich bei Kerzenlicht das Gewebte wieder auf. Drei lange Jahre lang konnte ich sie täuschen. Doch eines Nachts überraschten mich die Freier bei meinem heimlichen Tun, denn eine meiner Dienerinnen hatte mich verraten. Sie verboten mir, das Tuch zu Ende zu weben. Jetzt kann ich die Hochzeit nicht mehr aufschieben!"

Leichentuch: Der Verstorbene wird in dieses Tuch eingehüllt, bevor er beerdigt wird.

Odysseus ist gerührt von der Schönheit, der Treue und auch der Listigkeit seiner Frau. Doch noch immer muss er sein Geheimnis wahren. So erzählt er von einer erfundenen Begegnung mit dem Helden. Penelope weint bittere Tränen, und Odysseus leidet mit ihr, weiß seine Gefühle aber zu verbergen. Als sie sich wieder gefangen hat, will die kluge Königin den Bettler auf die Probe stellen: „Beweise mir, dass deine Geschichte wahr ist!"

Odysseus beschreibt ihr daraufhin seinen Herold Eurybates, ein Freund, den jeder leicht an seiner dunklen Haut und an seinem Kraushaar erkennt. Wieder bricht Penelope in Tränen aus. Da wiederholt Odysseus die Lüge, die er schon Eumaios erzählt hatte: Die Rückkehr des geliebten Gatten stünde unmittelbar bevor. Die Königin will ihm nicht glauben, ihm aber gleichwohl Ehre erweisen, weil er dem geliebten Mann gegenübergestanden hat. So ruft sie Eurykleia, die alte Amme, damit sie den Gast baden und ihm eine feine Tunika umlegen möge.

Die Alte eilt zum Bettler hinüber. Ob die Hände und die Füße ihres Herren jetzt wohl genauso aussehen wie die des Bettlers? Die Tränen steigen auch ihr in die Augen. Beim genaueren Hinsehen fällt ihr eine gewisse Ähnlichkeit zwischen ihrem Herren und dem alten Bettler auf ...

Schnell holt sie den Wasserkessel und beginnt, dem Fremden die Füße zu waschen. Eine Vorahnung beschleicht Odysseus, und er wendet sich vom Licht des Feuers ab. Er fürchtet nämlich, dass Eurykleia eine Narbe entdecken könnte, die er am Oberschenkel hat. Doch zu spät! Die Alte hat sie schon gesehen. Vor Schreck lässt sie Odysseus' Bein los, sodass der Kessel aus dem Gleichgewicht gerät und umkippt. Das Wasser ergießt sich auf den Boden des Thronsaals.

„Du bist niemand anderes als Odysseus, mein Sohn!"

Voll Freude wendet sie sich Penelope zu, doch die wachsame Göttin Athene lenkt die Aufmerksamkeit der Königin ab. Odysseus flüstert Eurykleia zu: „Geliebte Amme, willst du mich umbringen? Niemand darf wissen, wer ich wirklich bin, wenn ich meine Rache vollenden und die Freier bestrafen will. Schweige still!"

Eurykleia beugt sich seinem Wunsch und verschließt ihr übervolles Herz. Sie füllt den Kessel erneut mit Wasser und wäscht und kleidet ihren Herrn.

Penelope sitzt nachdenklich am Feuer: „Ich habe dir gesagt, Fremder, dass ich meine Hochzeit nicht länger aufschieben kann. Doch ich will einen Wettkampf ausrichten, um meinen Gemahl zu bestimmen. Odysseus hat seinen Bogen und zwölf Äxte im Palast zurückgelassen. Früher pflegte er sie hintereinander aufzustellen und aus großer Entfernung seinen Pfeil durch alle zwölf **Axtringe** hindurchzuschießen. Welcher der Freier es ihm gleichtun kann, soll mein Gemahl werden!"

Axtring:
die Öse, das Loch, zum Einstecken des hölzernen Stiels bei einer Axt.

„Lasse den Wettkampf nur vorbereiten, Königin. Noch ehe er zu Ende sein wird, wird Odysseus sein Zuhause wiedergefunden haben."

„Eine schöne Prophezeiung, Fremder. Doch ich wage es nicht, daran zu glauben! Mögen die Götter dir Recht geben! Ich werde mich jetzt in mein Gemach zurückziehen. Es ist schon spät."

Penelope und ihr Gefolge entfernen sich. Sie weint noch lange um ihren geliebten Odysseus, bis Athene ihr einen sanften Schlummer schenkt.

DIE GRIECHISCHEN FRAUEN, Hausfrauen wie Sklavinnen, halten sich meist im Gynäzeum auf, einem Frauengemach im ersten Stock des Hauses. Sie haben keinen Einfluss auf Entscheidungen des öffentlichen Lebens, sondern sollen für den Haushalt sorgen. Ihre Funktion beschränkt sich auf Ehe und Mutterschaft.

Sklavin am Brunnen

Die Ehe

Frauen können niemals selbst über ihr Leben entscheiden. In ihrer Jugend bestimmen es ihre Väter, und sobald sie heiraten (sehr jung), geht dieses Recht auf ihre Ehemänner über.

Die Göttinnen

Die Göttin der unverheirateten Mädchen ist Artemis, die der Ehefrauen Hera. Demeter wacht über die Fruchtbarkeit und Athene über die Hausarbeit. Aphrodite wird als Göttin der Schönheit und der Liebe besonders häufig verehrt.

Artemis

Lilie

Eine junge Frau ordnet Kleider in einer Truhe

Die Bekleidung
Die Frauen tragen lange, geraffte Tuniken, die farbig oder weiß sein können. Mehrere sehr feine Stoffe bedecken ihre Körper zwar, verhüllen sie aber nicht. Die Haare werden meist zu einem Knoten aufgesteckt.

Die Körperpflege
Die Frauen ölen ihre Haut und ihre Haare, um sie geschmeidig und glänzend zu halten. Das dazu verwendete Olivenöl wird oft mit Blüten- und Kräuterauszügen parfümiert. Schminke wird sparsam verwendet: Schwarz für die Augen, Rot für die Lippen und Weiß für das Gesicht.

Frau mit Spindel

Die Aufgaben
Die Frau kümmert sich um die Erziehung der Kinder (bis zu deren siebtem Lebensjahr) und ist für den reibungslosen Ablauf im Haushalt zuständig. Nur sie kennt den genauen Inhalt der **Kleidertruhen**. Sie **spinnt, webt** und beaufsichtigt die **Arbeit der Sklaven**.

„Er ist gerührt von der Schönheit, der Treue und der Listigkeit seiner Frau."

Kette und Fibel

Der Schmuck
Griechische Frauen tragen verschiedene Schmuckstücke: **Ketten, Fibeln** (zum Verschließen der Kleidung), Ohrringe. Sie sind meist aus Gold oder Silber und mit Edelsteinen besetzt.

Rache und Wiedersehen

Kaum ist die Sonne aufgegangen, beginnt im Haus ein reges Treiben. Odysseus sieht Eumaios drei fette Schweine für das Festessen in den Palast bringen. Ihm folgt Melanthios mit einigen seiner schönsten Ziegen. Die Freier behandelt der Ziegenhirte mit großem Respekt, für den Bettler jedoch hat er nur Verachtung übrig.

Später, als alle an der Tafel im Thronsaal Platz nehmen, lässt Telemachos für seinen Vater einen kleinen Tisch bringen, an dem dieser speisen kann, und fordert von den Freiern den nötigen Respekt vor dem Fremden. Doch darüber können sie nur spotten.

Aber plötzlich verwandeln sich ihre eben noch lachenden Gesichter in Fratzen, und Tränen laufen ihnen die Wangen hinab. Ein Seher verkündet mit unheilvoller Stimme: „Ihr Unglücklichen, wie geschieht euch? Finstere Nacht wird über euch kommen. Ich sehe Blut an den Wänden und Gestalten der Unterwelt, die das Haus belagern! Ihr seid zum Tode verdammt!"

Die göttliche Athene hat die Freier jedoch für alle Warnungen taub gemacht, und so verhöhnen sie den Bettler weiter. Der Seher aber verlässt eilig den Palast, denn er sieht ein schreckliches Unheil aufziehen.

Der große Bogen, den Odysseus einst zum Geschenk erhielt, befindet sich zusammen mit manch anderen Kostbarkeiten in einer entfernten Kammer. Er hat ihn immer in Ithaka gelassen, wenn er in den Krieg zog, zusammen mit einem **Köcher** voller Pfeile.

Köcher: ein Behälter für Pfeile.

Mit Tränen in den Augen greift Penelope nach dem Bogen, während ihre Dienerinnen die schwere Truhe mit Odysseus' anderen Waffen in den Thronsaal tragen.

Als sie dort ankommen, verkündet die Königin: „Freier, ihr erwartet von mir, dass ich einen von euch zum Manne nehme. Erst dann wollt ihr diesen Palast verlassen. Heute ist der Tag der Entscheidung gekommen. Derjenige von euch, der mit Odysseus' Bogen einen Pfeil durch zwölf hintereinander aufgestellte Äxte hindurchzuschießen vermag, soll mein Gemahl werden. Ihm werde ich in sein Haus folgen."

Sie überreicht Eumaios den Bogen, damit die Freier ihn prüfen können. Telemachos stellt die Äxte auf. Antinoos kann seine Ungeduld kaum noch zügeln, lässt aber trotzdem den Letzten am Tisch beginnen.

Es ist Leiodes. Und obwohl er sich mit aller Kraft bemüht, der Bogen lässt sich nicht spannen. Er gibt auf, und Antinoos lässt Melanthios ein Feuer entzünden und Fett herbeischaffen.

„Wenn wir den alten Bogen erst wärmen und ölen, dann wird er sich schon spannen lassen", meint Antinoos.

Doch da hilft auch kein Wärmen und kein Fetten: Niemand

kann die nötige Kraft aufbringen. Nur Antinoos und Eurymachos haben es bisher noch nicht versucht.

Odysseus hat unterdessen den Palast verlassen und sich Eumaios und dessen Freund Philoitios, dem Kuhhirten, angeschlossen.

„Freunde, auf ein Wort! Wenn ein Gott euch Odysseus zurückbringen würde, was würdet ihr tun? Euch auf seine Seite oder auf die Seite der Freier stellen?“, möchte der Held wissen.

„Odysseus selbst? Mögen die Götter ihn uns wiederbringen! Dann werden wir aller Welt beweisen, welche Kräfte noch in uns stecken!“, geben die Freunde zur Antwort.

„Wohl denn, er ist hier in Ithaka! Ich selbst bin Odysseus!“

Und Odysseus zeigt ihnen die Narbe, an der ihn jedermann erkennen kann. Die beiden Hirten untersuchen sie gründlich und, von allen Zweifeln befreit, umarmen sie ihn herzlich. Hätte ihr Herr ihnen nicht Einhalt geboten, sie hielten ihn noch heute umfangen! Odysseus beauftragt Eumaios, ihm später auf sein Geheiß den Bogen zu bringen und die Frauen in ihre Gemächer zu schicken. Philoitios soll die Türen des Thronsaales verschließen.

Als der falsche Bettler den Saal betritt, versucht Eurymachos gerade den Bogen zu spannen – doch vergeblich. Schamröte steigt ihm ins Gesicht. Sollte er Odysseus so sehr unterlegen sein? Antinoos tröstet ihn und schlägt vor, den Wettkampf nach einem guten Essen fortzusetzen. In diesem Moment erhebt sich der Bettler und verlangt, den Bogen spannen zu dürfen! Antinoos und Eurymachos lehnen empört ab. Doch da greift Penelope ein. Sicher werde sie nicht seine Gemahlin werden, wenn er den Bogen spannen könne. Sein Preis solle aber eine Tunika, ein Mantel, ein Schwert und ein Speer sein. Telemachos pflichtet seiner Mutter bei. Gleich darauf bittet er sie aber mit entschlossener Stimme, in ihre Gemächer zu gehen.

Penelope fügt sich, und Eumaios bringt Odysseus den Bogen. Dann trägt er Eurykleia auf, die Türen aller Gemächer zu verschließen. Philoitios hat inzwischen unbemerkt die große Tür des Saales verriegelt und setzt sich wieder an den Tisch.

Odysseus nimmt prüfend den Bogen zur Hand, die Freier lachen und verspotten ihn. Als er sich überzeugt hat, dass er in tadellosem Zustand ist, spannt er ihn mit Leichtigkeit und zupft die Sehne an. Da verstummen die Freier jäh und blicken sich ängstlich an. Zeus schickt ein Donnergrollen. Odysseus ist glücklich über dieses Omen. Er nimmt einen Pfeil, spannt ihn, zielt und schießt: Der Pfeil fliegt durch alle zwölf Äxte!

Dann wendet er sich an Telemachos: „Nun, jetzt wird es Zeit für das Festmahl!“

Telemachos greift nach seinem Schwert und seinem Speer.

Odysseus streift sich die zerlumpten Kleider ab. Mit dem Bogen und dem Köcher in der Hand steht er auf der Türschwelle.

„Noch ein zweites Ziel soll mein Pfeil treffen!“, ruft er in die Menge.

Und er zielt auf Antinoos, der gerade seinen goldenen Becher an die Lippen führen will. Der Pfeil trifft den Freier in der Kehle, und das Blut schießt aus der Wunde hervor. Antinoos lässt seinen Becher fallen und stürzt zu Boden, wo Wein und Blut sich mischen.

Die Freier geraten in Aufruhr und wollen nach ihren Waffen greifen, können sie aber nicht finden. Sie beschimpfen den Bettler, weil sie noch immer glauben, er habe Antinoos unabsichtlich getroffen. Doch ihr Schicksal ist bereits besiegelt!

Odysseus schleudert ihnen die Wahrheit ins Gesicht: „Ihr **räudigen** Hunde, ich bin Odysseus, König von Ithaka! Ihr habt nicht auf meine Rückkehr gehofft, sondern meinen Besitz geplündert und die Meinen belagert! Doch jetzt ist die Stunde eures Verderbens gekommen!“

Von Angst getrieben, wollen die Freier fliehen. Nur Eurymachos sieht ihm ins Gesicht und ruft: „Wenn du wirklich Odysseus bist, so hast du allen Grund zur Klage. Aber wisse, erdacht hat das alles Antinoos! Er war sogar bereit, deinen Sohn zu töten. Doch jetzt ist

räudig: widerlich, abstoßend.

er tot, und wir bitten um deine Gnade! Als Entgelt für all das, was wir dir genommen haben, werden wir dir zwanzig Rinder zahlen – auch mehr, wenn du es wünschst."

„Und wenn ihr mir alle Güter eurer Väter bringen würdet, es würde nichts ändern", antwortet Odysseus mit zorniger Stimme. „Für euren Treuebruch sollt ihr bezahlen. Ob ihr flieht oder kämpft wie Männer, eurem Schicksal werdet ihr nicht entgehen!"

Da zieht Eurymachos sein Schwert und wirft sich brüllend auf Odysseus. Doch ein Pfeil trifft ihn in die Brust, und er stürzt rücklings zu Boden. Als Nächstes stürmt Amphinomos auf den Helden zu, aber Telemachos' Speer trifft ihn am Rücken. Er fällt mit dem Gesicht in den Staub, die Waffe steckt noch zwischen seinen Schultern. Während Odysseus einen Pfeilhagel auf die Angreifer niederregnen lässt, eilt Telemachos davon, um die versteckten Waffen zu holen. Als er mit ihnen in den Thronsaal zurückkehrt, wählen Vater, Sohn und die getreuen Anhänger ihre Waffen. Jetzt sind sie kaum noch zu schlagen!

Auf der Seite der Freier hat Melanthios alles aufmerksam beobachtet. Die Waffen müssen aus einem Versteck im Inneren des Palastes stammen, und Odysseus bewacht nur die Tür nach draußen! Schnell schlüpft Melanthios durch einen schmalen Gang zu der entlegenen Kammer und versorgt auch die Freier mit Waffen. Nun entbrennt ein erbitterter Kampf. Doch Athene steht auf Odysseus' Seite und lenkt alle feindlichen Speere in die Irre. Die Speere seiner Männer dagegen treffen alle!

Die Freier irren im Saal umher und versuchen den Schlägen auszuweichen, die auf sie niederprasseln. Einige werfen sich Odysseus zu Füßen und betteln um Gnade – doch vergebens! Er tötet sie alle. Nur der unschuldige Sänger und der Herold finden Gnade unter seinen Augen.

Wie Fische in einem Netz liegen die Feinde in ihrem Blut.

Nachdem er sein Werk betrachtet hat, lässt Odysseus die Amme Eurykleia rufen. Als sie die getöteten Freier sieht, bricht sie in lauten Jubel aus, aber ihr Herr heißt sie schweigen: „Schweige still! Es ist gegen das Gebot der Götter, sich über den Tod der Feinde zu freuen, denn das Schicksal hat ihr Ende bestimmt. Hole alle mir treu ergebenen Dienerinnen herbei, schaffe die Toten weg, und reinige den Thronsaal. Erst danach berichte Penelope und ihrem Gefolge von meinem Sieg."

Als die Amme ihre Arbeit getan hat, steigt sie glücklich in Penelopes Gemächer hinauf, um ihr die frohe Botschaft zu bringen. Die Dienerinnen kommen als Erste herunter, begrüßen und umarmen Odysseus. Gerührt erkennt er sie alle wieder.

Oben weckt Eurykleia die Königin Penelope: „Wacht auf! Deine Gebete wurden erhört! Odysseus ist hier und hat alle Freier getötet!"

Doch Penelope kann diesen Worten nicht glauben.

„Die Götter haben dir die Sinne verwirrt! Wie soll ein Einzelner so viele Männer besiegen können? Und selbst wenn du die Wahrheit sprichst, so muss ein solcher Kampf das Werk eines erzürnten Gottes und nicht das eines Sterblichen sein. Odysseus ist längst tot, und sein Körper ruht an einem fernen Ort!"

„Wie kannst du nur so sprechen?", fragt die Amme. „Er selbst hat mich zu dir geschickt! Gestern Abend, als ich ihm die Füße wusch, habe ich ihn an seiner Narbe erkannt. Komm mit nach unten, und überzeuge dich selbst!"

Nur unschlüssig erhebt sich Penelope. So oft sind ihre Hoffnungen schon enttäuscht worden! Sie bemerkt Odysseus, der, die Augen fest auf den Boden geheftet, neben dem Feuer sitzt.

Wortlos lässt sie sich ihm gegenüber nieder. Telemachos ist erbost über ihr Schweigen.

„Mutter, wie kannst du nur so misstrauisch sein! Hier sitzt dein Gemahl, der nach langen Irrfahrten und schweren Leiden zu dir zurückgekehrt ist!"

„Mein Sohn, ich bin noch ganz verwirrt. Wenn es wirklich Odysseus ist, dann werde ich es bald erkennen, denn wir haben so unsere Geheimnisse ..."

Odysseus lächelt bei diesen Worten und beruhigt Telemachos: „Wie soll mich deine Mutter erkennen, zerlumpt, wie ich bin? Ich will ihr beweisen, wen sie vor sich hat ..."

Die Dienerin hat verstanden, was Odysseus sagen will, und bereitet ihm ein Bad. Nachdem er gebadet und gesalbt ist, hüllt sie ihn in eine kostbare Tunika und einen prächtigen Mantel. Die göttliche Athene gibt ihm seine Schönheit zurück, und seine blonden Locken fallen wie früher wieder weich auf seine Schultern. Er wirkt mächtig und edel, einem Gott ähnlicher als einem Menschen.

So verändert zeigt er sich seiner Gemahlin.

„Was hast du doch für ein hartes Herz!", spricht er. „Noch immer vertraust du mir nicht, deinem geliebten Mann, der so lange von dir getrennt war! Eurykleia, bereite mir bitte ein Lager in irgendeiner Kammer!"

„Du irrst, guter Mann, ich erkenne dich wohl! Eurykleia, lasse ihm sein eigenes Bett aus dem Schlafgemach in eine andere Kammer bringen!", befiehlt die Königin.

Sie versucht den ihr immer noch fremden Mann auf die Probe zu stellen. Odysseus entgegnet mit bewegter Stimme:

„Was redest du denn da? Kein menschliches Wesen kann mein Bett von der Stelle rücken! Ich selbst habe es zusammen mit diesem Palast gebaut! Dieses Haus ist rund um einen jungen Olivenbaum errichtet worden, der in seiner Mitte wuchs. Ich habe seine Äste und seinen Stamm abgesägt und auf dem polierten Stumpf mein Bett gezimmert. Verstehst du, Frau? Wer es bewegen wollte, müsste den Baum von seiner Wurzel trennen! Ist es nicht so?"

Mit diesen Worten verfliegen endlich Penelopes Zweifel. Es ist wahrhaftig Odysseus, der vor ihr steht. Nur er kennt diese Geschichte. Voller Freude wirft sie sich ihm in die Arme: „Zürne mir nicht, Odysseus, du weisester aller Männer. Du hast selbst erlebt, dass sogar die Götter uns täuschen können. Erst jetzt bin ich mir sicher und kann meiner Freude freien Lauf lassen!"

Odysseus steigen die Tränen in die Augen, und er drückt seine Frau fest an sich. Bis zum Anbruch des neuen Tages bleiben sie innig umschlungen. Und die Göttin Athene sorgt dafür, dass **Eos** mit ihrem Kommen wartet und die Nacht noch lange kein Ende nimmt.

Eos: die Göttin der Morgenröte.

Nachdem die Dienerinnen ihnen das Lager gerichtet haben, lassen sie sich darauf nieder und liebkosen sich. Sie werden nicht müde, sich zu berichten, was ihnen in der Abwesenheit des Anderen widerfahren ist. Schließlich fallen ihnen die Augen zu, und sie sinken in einen süßen Schlaf.

Erst viel später erlaubt es Athene, dass Eos den Menschen, wie jeden Morgen, das Licht des Tages wiederschenkt.

<u>SÄNGER UND DICHTER</u> stellen in Epen die Abenteuer, in Tragödien das Scheitern und Leid von Göttern und Helden dar. Alle Formen der Dichtung sind religiösen Ursprungs. Ein wichtiger Bestandteil jeder Aufführung ist die Musik.

Die Tragödie
Sie ist in Athen aus dem Kult des Dionysos (Gott des Weins) entstanden und erzählt die Leiden der griechischen Helden.

Die Instrumente
Gebräuchlich sind die **Doppelflöte** (im Klang einer Oboe ähnlich), die Lyra (bestehend aus einem Schildkrötenpanzer und zwei Hörnern, zwischen denen Saiten gespannt sind) und die Kithara (Saiteninstrument).

Apollo und die Musen
Der Gott der Künste ist Apollo. Unterstützt wird er von den **Musen**, den Töchtern der Mnemosyne. Die Worte „Museum" und „Musik" sind von den Musen abgeleitet.

Frau mit Doppelflöte

Dionysische Gruppe

Eine Muse

Die Musik
Die ältesten, uns von den Sängern überlieferten Dichtungen werden öffentlich vorgetragen und entweder mit Musik untermalt oder von musikalischen Darbietungen unterbrochen. Gleiches gilt auch für die Tragödie. Die Musik liefert den Rahmen für den Ablauf der Handlung und das Auftreten des Chors. Musik spielt eine so wichtige Rolle in der griechischen Kultur, dass sogar musikalische Wettbewerbe veranstaltet werden.

Das Parnass-Gebirge, der Sitz der Musen

Vorbereitungen für ein Satyrspiel

Das Satyrspiel
Eine Dichtung mit komischem Inhalt, deren Urspung im Kult des **Dionysos** liegt. Die Satyren sind halbtierische Wesen, die das Gefolge des Dionysos bilden.

Die Aufführungen
Die Schauspieler sind ausschließlich Männer. Dem Chor, der singt und auch tanzt, stehen erst zwei, später drei Personen gegenüber. Ein Schauspieler spielt oft mehrere Rollen.

„SIE WERDEN NICHT MÜDE, SICH ZU BERICHTEN, WAS IHNEN WIDERFAHREN IST.“

Die Masken
Masken und die Kostüme erlauben es auch entfernt sitzenden Zuschauern, alle Charaktere gut zu erkennen.

Maske

HOMER UND DIE *ODYSSEE*: Zwischen Mythos und Geschichte

DIE *ODYSSEE*

Die Sammlung der Abenteuer des Odysseus ist eine der bedeutendsten europäischen Heldendichtungen. Sie wurde im 8. Jh. v. Chr. verfasst, wahrscheinlich etwa fünfzig Jahre später als die *Ilias*, in der die Geschichte des Trojanischen Krieges erzählt wird.

Beide Werke werden dem griechischen Dichter Homer zugeschrieben. Er soll die mündlich überlieferten Texte schriftlich festgehalten haben.

MÜNDLICHE ÜBERLIEFERUNG

Die ältesten Dichtungen wurden zunächst mündlich vorgetragen und weitergegeben. In Griechenland war das die Aufgabe der Sänger.

Doch da die meisten Werke viel zu umfangreich waren, um während eines Festes oder einer religiösen Feier im Ganzen vorgetragen zu werden, erzählte der Sänger nur jeweils eine einzige Episode. Die *Ilias* hat insgesamt 15 000 Verse, die *Odyssee* immerhin mehr als 11 000!

Später wurden die Sänger durch fahrende Schauspieltruppen ersetzt. Wie alle mündlich überlieferten Texte wurden auch sie durch eigene Einfälle der Sänger ergänzt und verändert.

SCHRIFTLICHE ÜBERLIEFERUNG

Das Alphabet kam erst im 8. Jh. v. Chr. nach Griechenland. Die Niederschrift der *Odyssee* wird kurze Zeit später datiert. Mit der *Odyssee* lernten die griechischen Schüler lesen, sie konnten sogar lange Passagen auswendig!

Uns wurde der Text durch Abschriften antiker

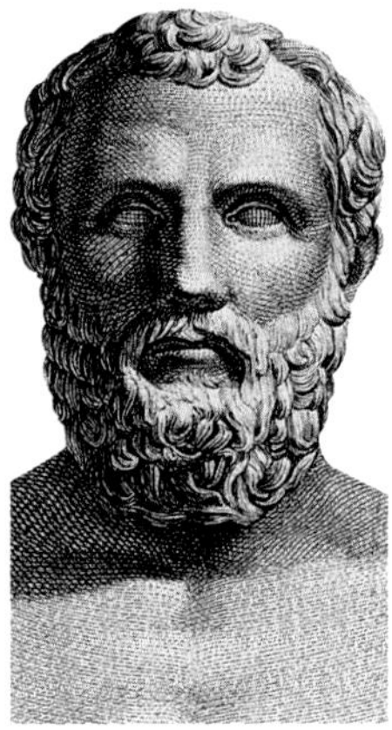

Wer war Homer?
Als Autor der *Odyssee* gilt Homer. Geboren in Smyrna, lebte er an der ionischen Küste (heutige Türkei). Man hat ihn meist als blinden Sänger dargestellt, in Anlehnung an Demodokos, mit dem sich Homer in der *Odyssee* selbst ein Denkmal gesetzt hat. Allerdings gibt es für diese Theorie keine Beweise!

Gab es nur einen Homer?
Wegen der großen stilistischen Unterschiede zwischen der *Ilias* und der *Odyssee* bezweifeln Wissenschaftler heute, dass beide Werke von einem einzigen Autor stammen.

Papyrusrollen (aus römischer Zeit) und durch mittelalterliche Manuskripte überliefert.

Was ist ein Epos?
Unter Epos versteht man ein sehr langes Gedicht, das die außergewöhnlichen Abenteuer eines Helden schildert. Es erzählt die Geschichte eines Menschen, der allen anderen an Körperkraft und Intelligenz überlegen ist, vergleichbar mit dem heutigen „Supermann". Auch die Götter spielen in den Abenteuern eine wichtige Rolle.

DIE *ODYSSEE* – WAHRHEIT ODER ERFUNDENE GESCHICHTE?

Für die alten Griechen hat der Trojanische Krieg tatsächlich stattgefunden, mit ihm begann ihre Geschichte. Doch ob der Trojanische Krieg wirklich stattgefunden hat, ist fraglich. Sicher ist, dass Homer rund 300 Jahre nach dem Untergang des historischen Trojas gelebt hat. Er muss die Ruinen der Stadt jedoch gekannt haben. Nur so lässt sich erklären, dass viele der Beschreibungen in der *Odyssee* genau von den Ausgrabungen bestätigt wurden.

Noch vor nicht allzu langer Zeit glaubten Wissenschaftler, Odysseus' Route rekonstruieren zu können. Auch das wird heute kritisch beurteilt. Doch der literarische Gehalt der *Odyssee* bleibt unbestritten.

NACHBEMERKUNG DER AUTOREN

Die Odyssee ist keine leichte Lektüre. Das liegt zum einen an ihrem Umfang: Sie ist mehr als dreihundert Seiten lang. Neben den Geschichten von Odysseus erzählt sie auch von Telemachos, Menelaos und anderen Helden. Wir haben für dieses Buch nur die Abenteuer des Odysseus ausgewählt und die Details der politischen Situation Ithakas vernachlässigt. Auch der Stil Homers (viele Wiederholungen und Vergleiche) könnte für einen jugendlichen Leser schwer zu verstehen sein. Deshalb haben wir ihn der heutigen Zeit angepasst.

Die olympischen Götter

Zeus: oberster Gott des Olymp, Wettergott, Hüter der staatlichen Ordnung

Poseidon: Gott des Meeres, Bruder des Zeus

Hera: Göttin der Ehe und der Geburt, Schwester und Gattin des Zeus

Hades: Bruder des Zeus und Herrscher über die Unterwelt

Hestia: Göttin des Herdes und des Herdfeuers

Demeter: Göttin des Getreides und der Fruchtbarkeit, Schwester des Zeus

Athene: Göttin der Weisheit, der Künste, des Handwerks, Kriegs- und Friedensgöttin, Tochter des Zeus (sie wurde in voller Rüstung aus dem Haupt des Zeus geboren), Schutzherrin der nach ihr benannten Stadt Athen

Apollon: Gott der Jugend, der Musik, Schutzherr der Künste, Sohn des Zeus

Artemis: jungfräuliche Göttin der Jagd und der Geburt, Tochter des Zeus

Hermes: Götterbote, Führer der Toten in die Unterwelt, Gott der Reisenden und der Diebe, Sohn des Zeus

Ares: Sohn des Zeus, Gott des Krieges, stand im Trojanischen Krieg auf der Seite Trojas

Dionysos: Gott des Weines und des Rausches

Aphrodite: Göttin der Liebe und der Schönheit

Hephaistos: Gott des Feuers und der Schmiedearbeit, Sohn des Zeus und der Hera

Bildnachweis

o: oben
u: unten
l: links
r: rechts
m: Mitte

3: Phrygischer Helm, 6. Jh. v. Chr., Bronze, Privatsammlung © A. Baguzzi/Artephot

16 u: Große Athene von Piräus, Bronze, Archäologisches Museum von Piräus, Athen © Nimatallah/Artephot;
m: Eule mit Waffen, 5. Jh. v. Chr., Louvre, Paris © A. Held/Artephot;
r: Zeus von Artemision, um 460 v. Chr., Bronze, Archäologisches Nationalmuseum, Athen © Nimatallah/Artephot

17 m: Olymp © Yvan Travert/DIAF;
u: Poseidon, 480–460 v. Chr., Archäologisches Nationalmuseum, Palermo © Nimatallah/Artephot;
r: Hermes von Herkulaneum, Archäologisches Nationalmuseum, Neapel © Nimatallah/Artephot

28: Prozession zu Ehren Apollons, Archäologisches Museum Ferrara © A. Held/Artephot

29 o: Pelikane im Flug über den Kerkini-See, Griechenland © Gunther Michel/Bios;
u: Szene eines Opfers für Apollon, um 430 v. Chr., Louvre, Paris © RMN

38 o: Wagenlenker, Tarquinia, Nationalmuseum, Tarquinia © Nimatallah/Artephot;
u: Läufer oder Ringer, Bronze, 480–336 v. Chr., Archäologisches Nationalmuseum, Neapel © Giraudon

39 o, l: Das Stadion von Olympia © Sime/DIAF;
o, m: Olympia, Zeustempel, Kupferstich, 1865 © AKG, Paris;
o, r: Olivenzweig © Patrick Léger/Gallimard;
m: Ein junger Athlet wäscht sich nach den Leibesübungen, 5. Jh. v. Chr., Antikenmuseum, Berlin © A. Held/Artephot;
r: Kampfszene, 324–323 v. Chr., Louvre, Paris © RMN

50 o: Teller für Fisch, 330–320 v. Chr., Sammlung Dürr, Genf © A. Held/Artephot;
u: Vier Bäcker, Ende 6. Jh. v. Chr., Louvre, Paris © Erich Lessing/AKG, Paris

51 o: Weintraube © Patrick Léger/Gallimard;
u: Krug mit Ernteszene, 520 v. Chr. © Bridgeman Art Library;
r, o: Ziegen auf der Insel Kos © Giovanni Simeone/DIAF;
r, u: Olivenhain © Daniel Thierry/DIAF

62 u, l: Große Amphore, 14. Jh. v. Chr.,

Archäologisches Museum, Theben © Dagli-Orti;
u, m: Phönizische Münzen mit Silberprägung, um 320–300 v. Chr., Musée du Bardo, Tunis;
r: Die Schiffsreise des Dionysos, 550–510 v. Chr., Antikensammlungen und Glyptothek, München © AKG, Paris

63 o: Triere mit neun Ruderern, Ende 5. Jh. v. Chr., Akropolismuseum, Athen © Dagli-Orti;
r: Hafen von Piräus, Luftbild © Guido Alberto Rossi/Altitude

72 l: Aphrodite Genetrix, 1. Hälfte 1. Jh. n. Chr., Terracotta, Myrina © H. Lewandowski/RMN;
m: Lanzenspitzen, griechische Kunst © Ekdotike Athenon/Artephot;
o: Hera, 525 v. Chr., Museum von Delphi © Dagli-Orti;
r: Szenen des Trojanischen Krieges, 675 v. Chr., Mykonos © Bapier/Artephot

73 l: Achilles und Memnon, Archäologisches Nationalmuseum, Neapel © Nimatallah/Artephot;
r: Wiedersehen zwischen Helena und Menelaos, 450–440 v. Chr., Louvre, Paris © RMN;
u: Die Einnahme von Troja, 55 v. Chr., Archäologisches Museum, Ferrara © A. Held/Artephot

84 u: Die Strafe des Sisyphos, 330 v. Chr., Antikensammlungen und Glyptothek, München © Erich Lessing/AKG;
r: Die Bestattung des Patroklos, Archäologisches Nationalmuseum, Neapel © Alinari/Giraudon

85 o, r: Charon in seiner Barke, auf dem Acheron rudernd, um 420 v. Chr., Louvre, Paris © RMN;
m, r: Mykene, Atreusgrab © Sime/DIAF

96: Karte: P. Poirier;
u: Tempel der Athene in Paestum © Vaisse/Hoa-Qui;
m: Griechische Silbermünze, Marseille, 2. Jh. v. Chr. © A. Chené/Centre Camille Julian, Aix-en-Provence

97 l: Mykene, Löwentor © David Ball/DIAF;
o: Akropolis, Athen © Wojtek Buss/Hoa-Qui;
r: Ephesus, Amphitheater © Russel Kord/SDP;
u: Ausgrabungen in Alexandria © Stéphane Compoint/Sygma

108 o, l: Frau am Brunnen, um 525 v. Chr., British Museum, London © Bridgeman Art Library;
m: Artemis, Detail/Ausschnitt aus dem Parthenon-Fries, Marmor, 447–422 v. Chr., Akropolismuseum, Athen © Erich Lessing/AKG, Paris;
u, r: Lilie © Patrick Léger/Gallimard

109 o: Relief, Junge Frau, die Kleider in eine Truhe ordnet, 450 v. Chr., Nationalmuseum, Tarent © Giraudon;
m: Frau mit Spindel, um 430 v. Chr., Louvre, Paris © Erich Lessing/AKG, Paris;
u: Griechische Schmuckstücke aus Gold und Edelsteinen, 4.–3. Jh. v. Chr., British Museum, London © Bridgeman Art Library

122 l: Frau mit Doppelflöte, Gemälde von Brygos, um 490 v. Chr © H. Lewandowski/RMN;
m: Dionysische Gruppe, um 380 v. Chr., Vase aus Paestum © H. Lewandowski/RMN;
u: Apollon, Marsyas und die Musen, Ausschnitt, 4. Jh. v. Chr. © H. Lewandowski/RMN

123 l: Vorbereitungen für ein Satyrspiel: Dionysos und Ariane, 410 v. Chr., Nationalmuseum für Kunst, Neapel © A. Held/Artephot;
o: Kamm des Parnas-Gebirges © Loirat LY/Explorer;
u: Tragödienmaske, 4. Jh. v. Chr. © EDM

124: Homer © Nationalbibliothek, Paris

125: Panathenäische Amphore: Zitherspieler, Louvre, Paris © Ch. Larrieu/RMN

Redaktionelle Leitung:
Maylis de Kerangal
Künstlerische Leitung:
Elisabeth Cohat

ODYSSEUS (SUR LES TRACES DE ULYSSE)

Grafiker:
Christine Régnier
Redaktion:
Françoise Favez
Gestaltung:
Anaïck Bourhis